MATRIMONIO A LA FUERZA
Pippa Roscoe

Editado por Harlequin Ibérica.
Una división de HarperCollins Ibérica, S.A.
Núñez de Balboa, 56
28001 Madrid

© 2018 Pippa Roscoe
© 2018 Harlequin Ibérica, una división de HarperCollins Ibérica, S.A.
Matrimonio a la fuerza, n.º 2661 - 14.11.18
Título original: Conquering His Virgin Queen
Publicada originalmente por Harlequin Enterprises, Ltd.

I.S.B.N.: 978-84-9188-985-4
Depósito legal: M-30299-2018
Impresión en CPI (Barcelona)
Fecha impresion para Argentina: 13.5.19
Distribuidor exclusivo para España: LOGISTA
Distribuidor para México: Distibuidora Intermex, S.A. de C.V.
Distribuidores para Argentina: Interior, DGP, S.A. Alvarado 2118.
Cap. Fed./Buenos Aires y Gran Buenos Aires, VACCARO HNOS.

Capítulo 1

1 de agosto, 20.00-21.00 horas, Heron Tower.

Decir que Odir Farouk Al Arkrin, duodécima generación de guerreros de Farrehed, hijo primogénito del jeque Abbas y empresario de éxito internacional, tenía un mal día habría sido un gran eufemismo. El príncipe hizo el lazo de la pajarita de estilo inglés y se sacudió la sensación de que era una soga que se le apretaba al cuello mientras contenía una palabra malsonante. Una palabra malsonante dirigida a su maldita esposa, a la que hacía seis meses que no veía.

Lo que hubiese sentido por ella en el pasado ya no importaba, ni tampoco su reciente ausencia.

En menos de una hora volvería a estar a su lado.

Y él conseguiría lo que necesitaba, lo que su país necesitaba.

Odir ajustó el lazo para que la pajarita se quedase en su sitio. Retrocedió y se miró en el espejo de cuerpo entero. El sol, que empezaba a ponerse sobre el cielo de Londres, se reflejó en el espejo y lo deslumbró un instante antes de ocultarse detrás de sus anchos hombros. Tiró de las mangas del esmoquin, que le resultaba tan incómodo como la ropa tradicional de su país. Ambos atuendos hacían que se sintiese atrapado, disfrazado del papel que estaba obligado a desempeñar. Y aquella noche, en uno de los hoteles más caros y conocidos de Inglaterra, tendría que hacer el papel de su vida.

A sus espaldas estaba Malik, su guardaespaldas, al que había conocido desde que ambos habían recorrido el palacio de Farrehed corriendo, casi todavía con pañales. Un hombre que seis meses antes lo había traicionado de la manera más sorprendente. Odir se sintió frustrado y en esa ocasión no pudo contenerse.

—Quita esa expresión de culpabilidad de tu rostro o márchate. En estos momentos no me puedo permitir que despiertes la curiosidad de la gente.

Malik abrió la boca para responder, pero Odir lo interrumpió.

—Y si no tienes la sensatez suficiente como para dejar de disculparte, te mandaré de vuelta a Farrehed, donde te pasarás el resto de la vida escoltando a la hermana de mi padre. Es una promesa, no una amenaza. Come más que un camello y vive como una tortuga. Te morirás prematuramente de aburrimiento, lo que sería un verdadero desperdicio.

Malik no se inmutó. Hacía meses que Odir no hacía un comentario jocoso y él solo podía seguir sintiendo vergüenza. No era momento de hacer bromas.

—¿Está seguro de que quiere hacerlo? —preguntó Malik.

Tal vez se hubiese atrevido a hacer la pregunta solo porque estaba a sus espaldas, pero Odir tuvo que reconocer que él sentía las mismas dudas.

—¿Si quiero hacerlo? No. ¿Si estoy seguro? Sí. Hay que hacerlo.

Llamaron a la puerta y su asesor personal asomó la cabeza por la ranura, consciente del humor del que estaba su príncipe desde esa mañana, sin atreverse a entrar.

—¿La rueda de prensa está organizada? —inquirió Odir, mirando a su asesor a los ojos a través del espejo.

—Sí, mi...

—No me llames así. Todavía no.

—Por supuesto, señor. Sí, se ha convocado a la prensa para mañana a las ocho de la mañana en la embajada. ¿Señor...?

—¿Sí?

—Todavía se puede cancelar lo de esta noche.

—Este evento anual se ha celebrado a pesar de dos escaramuzas, una guerra, una crisis financiera y una boda real, y todo eso, solo en los últimos treinta años. Se tarda meses en organizar y, aunque no fuera así, tampoco se podría cancelar. Hacerlo se consideraría un signo de debilidad. Y, en estos momentos, eso sería insostenible.

Su asistente asintió, pero no se marchó, se quedó allí, como si supiese que la conversación no había terminado.

—¿Han llevado la invitación esta mañana? ¿La ha recibido?

El asistente volvió a asentir.

Cuando el equipo de seguridad de Odir había descubierto el nombre falso con el que su esposa se movía y que figuraba en su también pasaporte falso, habían tardado menos de media hora en localizarla. A partir de ahí había sido muy sencillo hacer que el consulado en Suiza le enviase la invitación a casa, a una dirección en la que Odir no había estado nunca y de la que no había tenido conocimiento hasta diez horas antes.

—Puedes marcharte —dijo, y su asistente desapareció.

Odir volvió a mirarse en el espejo y, aunque parte de él deseó cerrar los ojos y no mirar hacia el documento que había encima de la mesita de noche, junto a la cama, se obligó a mantenerlos abiertos. Se forzó a mirar la fotocopia borrosa de un pasaporte con una imagen que conocía bien y un nombre completamente desconocido. Aquel documento se había convertido en una prueba física del engaño de su esposa y Odir tuvo que contenerse para no arrugarlo y tirarlo contra la pared.

Aquella mujer se había casado con él y Odir había prometido ante Dios respetarla sobre todas las cosas y lo había cumplido, pensó, enfadado. Ella, no.

Después de seis meses de infructuosas investigaciones, intentando encontrar a su esposa huida, Malik había entrado en razón y había revelado el nombre falso que figuraba en el pasaporte. Y Odir se había preguntado si Eloise también habría engatusado a su guardaespaldas, idea que había descartado casi al instante. Malik no habría sido capaz de tocar a su esposa. Solo había otra persona que lo había hecho, y aunque él estaba muy enfadado jamás le habría hecho daño.

Volvió a mirar el documento y notó cómo aumentaba su frustración.

Su esposa siempre había sido muy bella. En el pasado, su belleza había estado a punto de ser su perdición. Odir se preguntó si Eloise se habría ruborizado mientras le tomaban aquella fotografía para el falso pasaporte, pero en aquella fotocopia en blanco y negro era imposible de adivinar.

Intentó calmar la frustración, que le oprimía el pecho. No tenía tiempo para entretenerse en semejantes nimiedades. Nunca lo había tenido.

Aquella noche solo tenía un objetivo.

—¿Tienes la confirmación de su llegada? —le inquirió a Malik.

—Ha aterrizado en Gatwick hace cinco horas.

Aquello lo relajó ligeramente, todo iba saliendo según lo previsto.

—La han seguido hasta un hotel en Londres, donde ha estado un par de horas y ha hecho un par de llamadas —continuó Malik—. Ha salido de allí en taxi y debería estar aquí dentro de veinte minutos.

Odir se preguntó por qué Eloise no había huido a casa de sus padres, en Kuwait. Sabía que no se entendía bien con su padre. Siempre había habido un vínculo extraño y silencioso entre Eloise y su padre, al que había seguido a Farrehed tras acabar los estudios universitarios, cuando este había sido nombrado embajador. Un padre que no se había dado cuenta de que su hija llevaba seis meses perdida. Aunque Odir tuvo que reconocer que él mismo había tardado tres días enteros en percatarse de su desaparición.

El hecho de saber tan poco de la familia de Eloise era otra señal más de que tenía que haber conocido mejor a la mujer con la que iba a casarse. Había creído a su padre cuando este le había dicho que la unión beneficiaría al país y fortalecería los vínculos entre su reino del desierto y Gran Bretaña. Y a pesar de que Odir siempre había estado preparado para un matrimonio de conveniencia, se había sentido esperanzado cuando, dos años antes, había conocido a Eloise. Había tenido la esperanza de encontrar en ella algo más, algo real. En su lugar, se había dejado cegar por el deseo y por lo que en esos momentos consideraba que había sido una actuación digna de un galardón.

Aunque ya nada de aquello importaba. Su esposa iba a volver a su lado, no tenía elección. Él tampoco la tenía y no había nada que lo enfadase más.

—Ve por tus hombres y esperadme en recepción.

—¿Me puede dejar en la esquina?

Eloise sabía que la princesa de Farrehed no podía llegar en taxi a Heron Tower, donde se iba a celebrar el glamuroso acto benéfico organizado por su marido.

No había estado en el rascacielos desde su construcción y la alta estructura de cristal, que se alzaba hacia el oscuro cielo, le pareció que era un buen símbolo para representar el poder de un marido al que hacía medio año que no veía.

Un escalofrío recorrió su espalda. No necesitaba saber cómo la había encontrado Odir. En realidad, le sorprendía que Malik no la hubiese delatado antes.

Durante los primeros meses, lo único que la había distraído de la certeza de que Odir llegaría en cualquier momento a buscarla a Zúrich para llevársela de vuelta a Farrehed había sido Natalia, su amiga de la universidad, que en tan solo un par de días la había ayudado a sentirse mejor.

En comparación con la situación de Natalia, Eloise había sentido que sus problemas eran los de una niña tonta y mimada.

Respiró hondo e intentó apartar aquello de su mente y centrarse en el presente. ¿Qué era lo que quería su marido? ¿Habría tomado la decisión de poner fin a su matrimonio? ¿O había otro motivo por el que la había hecho llamar justo un día antes de su cumpleaños? El mismo día en que ella tendría acceso por fin al fondo fiduciario que tan generosamente le había abierto su abuelo. Debía de ser una coincidencia.

Pensó que, si se repetía aquello cien veces más, tal vez empezaría a creérselo.

Agarró con fuerza la invitación que le habían hecho llegar aquella misma mañana. Había abierto la puerta con una taza de café en una mano y había aceptado el sobre con la otra. Casi no se podía creer que solo hubiesen pasado ocho horas de aquello. La petición de su marido de asistir al acto benéfico la había hecho reaccionar al instante. No había reaccionado así ni con la enfermedad de Natalia, ni con el chantaje de su padre ni con la indiferencia de su madre.

Había tardado una hora en barajar todas sus opciones, llamar al hospital y organizarlo todo para cubrir su ausencia. Podría haberse quedado en Zúrich. Podría haber vuelto a huir, pero Odir ya conocía su nombre falso y, sin la ayuda de Malik, conseguir uno nuevo le habría resultado imposible.

Pero, sobre todo, se había dado cuenta de que podía utilizar aquella inesperada invitación para, por fin, hacer lo que llevaba seis meses queriendo hacer.

Eloise hizo girar la alianza sobre su dedo. Se le había quedado grande porque había perdido peso y no podía evitar preguntase si aquello no sería una señal. Una señal de que por fin iba a escapar del lazo que le habían puesto al cuello cuando su ambicioso padre había conseguido su propósito y ella había pronunciado aquellas dos palabras:

—Sí, quiero.

Otro coche tocó el claxon detrás de su taxi y ella le dio al conductor lo que le quedaba de dinero inglés y salió, recogiendo con cuidado la larga falda del vestido de seda negro que se había comprado en el aeropuerto. El cuello halter era perfecto, porque ocultaba la necesidad de joyas caras alrededor de su cuello, joyas que habría sido de esperar que portase teniendo en cuenta que, desde hacía ocho meses, era una princesa. La seda se pegaba a su pecho como una segunda piel y, gracias a la ola de calor que golpeaba Londres aquel verano, no tuvo frío a pesar de llevar la espalda desnuda. Se había gastado una fortuna en el vestido, casi más que el sueldo de un mes, pero merecía la pena.

Sabía que no podía asistir a un evento así con otro vestido. Y también sabía que no podía enfrentarse a un príncipe sin llevar puesta una armadura.

Sobre todo, cuando el príncipe era su marido.

En cuanto Eloise entró en Heron Tower, cuatro hombres vestidos de negro de la cabeza a los pies la escoltaron. Por un instante, imaginó que la iban a esposar, pero se dio cuenta de que aquello era una tontería. Tal vez su marido estuviese furioso con ella, pero jamás haría nada que pusiese en riesgo la reputación de la familia real. Eloise reconoció a Malik, que fue el único que la miró a los ojos. Ninguno le dirigió la palabra y ella no supo si lo hacían por respeto o por vergüenza.

Entraron en el ascensor y los guardias bloquearon el paso a cualquier otro invitado, haciendo que Eloise se permitiese sentir una luz de esperanza. Tal vez, después de aquella noche, pudiese volver a ser libre. Se le encogió el estómago mientras el ascensor subía y subía, proporcionando unas vistas espectaculares de la noche londinense. Luces multicolores se extendían ante sus pies con una belleza que estuvo a punto de cortarle la respiración.

Pero en el espejo del ascensor veía también su pálido reflejo. No había ido a una carísima peluquería, sino que se había arreglado como había podido ella sola, en la habitación de un hotel barato en el que pasaría la noche. Y en su mente, ambos extremos: el hotel barato y el lujo de Heron Tower, resumieron los dos últimos años de su vida.

La parte más pobre era mucho más valiosa para

su libertad... la más rica, la obligaba a pagar un precio que ya no podía pagar.

El ascensor se detuvo antes de lo que ella había esperado y las puertas se abrieron en una habitación decorada de manera muy lujosa, en la que había importantes personajes de la escena internacional, muy elegantes.

Recorrió con la mirada el salón decorado en tonos suaves, en el que la delicada iluminación contrastaba con el sonido de las copas al chocar y de las tediosas conversaciones.

Al parecer, la fiesta había empezado sin ella.

Nada más entrar Eloise en el salón, las personas que había más cerca del ascensor dejaron de hablar y se fue haciendo el silencio a su alrededor. Varias personas inclinaron la cabeza, en señal de respeto, pero también para disimular los murmullos. Y ella lo odió. Siempre lo había odiado. Había odiado que les prestasen tanta atención a ella y a su familia antes y, todavía más, después de haberse casado con Odir. Por un instante, se preguntó si aquel sería el motivo por el que se había marchado su madre. Sonrió para ocultar su dolor y se reprendió a sí misma. Su marido, a pesar de que tenía múltiples defectos, no se parecía en nada a su padre.

—¿Eloise? —la llamó una voz familiar entre la multitud.

Ella se giró hacia la única amiga que le quedaba del pasado.

—Emily, me alegro de verte —respondió, sorprendida ante la sinceridad de sus propias palabras, y todavía más sorprendida de que Emily la abrazase tan cariñosamente.

—¿Dónde estabas? —le susurró Emily al oído—. Hacía siglos que no te veía. Se rumoreaba que tu marido te había encerrado en una de las torres de Farrehed.

Eloise sintió ganas de contárselo todo a su amiga. Deseó hablarle de lo feliz que se había sentido ayudando a los demás, de la libertad que había encontrado en Zúrich, de lo bien que se había encontrado viviendo de manera tan sencilla...

—Señora Santos —intervino Malik, interrumpiendo los pensamientos de Eloise.

Era evidente que no podía decir nada que revelase que se había marchado de Farrehed... y que había dejado al príncipe.

—Malik —lo saludó Emily, inclinando la cabeza.

—Es una historia muy larga —respondió Eloise en voz baja, sonriendo—. ¿Qué haces aquí? No sueles acudir a estos eventos.

—Lo mismo podría decir yo de ti —respondió la morena entre susurros—. Mi padre... no se encuentra bien.

—Lo siento mucho. ¿Y tu marido?

—No ha venido, afortunadamente —respondió Emily riendo—. Hablando de maridos... el tuyo lleva toda la velada de mal humor.

—¿Sí? —preguntó Eloise con el corazón acelerado.

Emily asintió y miró por encima de su hombro. Y Eloise vio al hombre al que no había visto en seis meses. No podía ver su rostro, pero reconoció su ancha espalda.

Era una cabeza más alto que el resto de las personas que lo rodeaban y, por un instante, Eloise se quedó sin respiración. Miles de imágenes de su guapo marido cruzaron su mente. La primera vez que lo había visto, desmontando a un semental negro; su impenetrable aire de autoridad incluso antes de que ella hubiese sabido que era hijo de un jeque; el modo en que ella se había burlado de su arrogancia cuando lo había visto entregar las riendas del caballo al mozo de cuadras; el inocente coqueteo que habían compartido antes de que, aquella misma noche, los hubiesen presentado de manera formal.

Odir no había revelado a nadie que ya se conocían y había convertido lo que para Eloise había sido una vergonzosa situación en un secreto para ambos.

Eloise recordó los momentos que habían pasado juntos: los viajes a los límites de Farrehed, donde ella había realizado labores benéficas, llevando medicinas a tribus del desierto; las cenas que habían compartido los dos; la mañana que habían visto el amanecer en las dunas del desierto.

Avergonzada, recordó que le había contado a Odir cuáles eran sus sueños, cómo había absorbido los planes de Odir en relación con Farrehed y su pueblo. Cómo se habían puesto de acuerdo, a espaldas de sus padres, para intentar hacer las cosas mejor. Cómo se había atrevido ella a soñar con que su matrimonio pudiese funcionar.

Pero no había sido así. Ella había sido un peón movido al antojo de los hombres.

Notó que se le volvía a salir la alianza. Estaba cansada de esperar a que el príncipe fuese a salvarla. Aquella princesa iba a salvarse a sí misma.

A Odir le dolían los pómulos de tanto forzar sonrisas, le dolía la garganta de tanto hablar de nimiedades y le dolía la cabeza porque llevaba todo el día muy tenso. Se frotó la nuca, agotado. Había estado peor, se aseguró, aunque no estaba seguro de que fuese cierto.

En aquellos momentos habría dado la mitad de su país por un whisky.

Pero el soberano de Farrehed no podía beber whisky en un evento en el que solo se servía el mejor champán.

Odir nunca había entendido que hubiese que gastar tanto dinero en recoger todavía más dinero con fines benéficos.

—¡Y fue entonces cuando dijo que no lo veía!

Odir rio con los demás, aunque el chiste del embajador francés no tuviese ninguna gracia. Y entonces, en vez de apartarse y buscar la soledad que tanto ansiaba, continuó charlando de temas triviales, cosa que habría podido hacer incluso dormido.

A pesar de aquella escenificación, de tantas cortesías, el futuro de Farrehed pendía de un hilo. Y la única persona que podía ayudarlo era la mujer con la que se había casado.

A sus espaldas, Odir oyó varios silencios y se le

erizó el vello de los brazos. Eloise jamás debía haber conseguido provocar aquella reacción en él. Se había creído lo suficientemente fuerte para evitarlo, pero no lo había sido.

Eloise, su esposa, su futura reina, había llegado.

Odir vio su reflejo en un cristal mientras Eloise avanzaba por el salón. Cuanto más se acercaba, más consciente era él de lo estirados que llevaba los hombros, de la decisión de sus pasos. Aquello le gustó. Quería batirse con ella, lo necesitaba.

Esperó a que estuviese muy cerca y, entonces, actuó.

Se giró y la atrapó entre sus brazos, procediendo a besarla como solo se había permitido hacerlo en un par de ocasiones, durante su noviazgo. Se aprovechó de sus labios, separados por la sorpresa e introdujo la lengua en...

En un refugio que se negaba a recordar.

Y juró en silencio. El sabor de la lengua de Eloise era sorprendentemente dulce, sus suaves labios aceptaron las órdenes de los de él. Odir había pensado que aquel beso sería su venganza, no había esperado que se convirtiese en su propio castigo. Todo su cuerpo ardía y tuvo que apartarse de ella para no quemarse por completo.

Por un instante, la sorpresa del rostro de Eloise se reflejó en sus ojos. Solo habían compartido aquella pasión en una ocasión. La noche de bodas. Odir había podido tener una muestra de la locura que podría consumirlo, que podría tentarlo a darle la espalda a las necesidades de su país.

Entonces recordó lo que había ocurrido dos meses después de su noche de bodas, las mentiras y la traición. Y recordó lo que tenía que hacer.

—Eloise, *habibti*, lo siento. No he podido evitarlo —dijo, sonriendo con tanta dulzura que dudó que alguien pudiese creérselo—. Dos días sin verte y me da la sensación de que han sido... meses.

Por un instante, deseó que aquello la descolocase, que Eloise diese un paso en falso y se delatase, pero su respuesta fue intachable.

—Siento no haber podido tomar el mismo vuelo que tú, cariño.

Mintió sin ningún esfuerzo y Odir volvió a preguntarse cómo había podido dejarse engañar durante los meses de noviazgo y al principio de su matrimonio. Aquello carecía de importancia. Lo utilizaría en su propio beneficio y recordaría que no debía subestimarla. Al fin y al cabo, Eloise había conseguido coaccionar a su guardia más leal.

No, no volvería a subestimar a su esposa.

Tal vez aquel beso la hubiese dejado sin aliento y le hubiese despertado recuerdos de la noche de bodas; tal vez no fuese el recibimiento que había esperado de su marido; pero aquello no cambiaba nada.

Eloise contuvo el traicionero deseo que había tomado su cuerpo y se obligó a tranquilizarse. Si no hubiese conseguido hacerlo por sí misma, la fría mirada de Odir la habría ayudado.

Ya había estado en aquella situación antes. En su vida había desempeñado muchos papeles: la hija perfecta, la esposa cariñosa... Podía fingir otra noche más.

Tenía experiencia en reconocer mentiras y medias verdades, pero casi pudo creer que había habido un momento en que su marido la había mirado de otro modo.

El embajador francés llamó su atención con una inclinación.

—*Ma chère* Eloise, no sabes cuánto lamento no haberte visto en mayo en la Copa Hanley. Matilde y yo nos acordamos de ti, ¿verdad? —le dijo a su esposa.

Eloise chocó con la mirada codiciosa de Matilde e imaginó lo que habrían dicho de ella.

Se disponía a contar la historia que había preparado cuidadosamente para justificar los últimos meses cuando Odir la interrumpió riendo. ¿Riendo? En realidad, Eloise nunca lo había oído reír desde que lo conocía.

—Deben perdonar a mi esposa. Ha estado muy ocupada con sus obras benéficas —comentó—, tanto, que yo mismo tengo la sensación de haberla visto muy poco en los últimos seis meses.

La mirada hambrienta de Matilde la estudió con reproche, lo que enfadó a Eloise todavía más. Las últimas palabras que le había dicho Odir habían sido tan duras que ella había decidido marcharse de Farrehed. Él la había obligado a marcharse de su país, de su casa, ¿y tenía la desfachatez de culparla de su ausencia?

—No exageres, Odir —dijo, siguiéndole el juego—. Sabes muy bien dónde he estado.

Se giró hacia Matilde y le dedicó la sonrisa más lisonjera de su vida antes de añadir:

–He estado supervisando un proyecto para proporcionar cuidados sanitarios, fundados por la corona, a las mujeres de las tribus más remotas de Farrehed.

Aquello era lo más parecido a lo que había estado haciendo en Zúrich y Eloise sabía que las mejores mentiras se tejían con hilos de verdad. Lo había aprendido de sus padres.

–En ese caso, no me extraña que estés aquí –respondió la esposa del embajador y, por un instante, Eloise se sintió confundida.

Le había preocupado tanto la reacción de su marido que no se había molestado en averiguar el motivo de la velada.

–Eloise no se perdería nunca un acto benéfico en el que se fortalece el vínculo entre la Organización Mundial de la Salud y el progreso para la población femenina de nuestro país. Ahora, si nos excusan –continuó, apoyando una mano en el hombro del embajador–. Es un secreto a voces que mañana es el cumpleaños de mi esposa, y tengo un regalo especial para ella.

Odir la agarró por la cintura y se dispuso a sacarla del salón.

–Solo quiero un regalo de tu parte, cariño –murmuró ella–, y es el divorcio.

Capítulo 2

1 de agosto, 21.00-22.00 horas, Heron Tower.

—Baja la voz —le ordenó él, apretándola más contra su cuerpo, como si temiese que se pudiese escapar.

Tal vez no tuviese razón, porque en el momento en que Odir la había besado, lo único que Eloise había deseado había sido salir corriendo de allí.

Se sintió humillada al pensar que, con tan solo un beso, había deseado entregarse a unos sentimientos que había creído muertos y enterrados, y que habían vuelto a resurgir.

La multitud se fue abriendo ante ellos para dejarlos pasar y Eloise pensó que lo habrían hecho igualmente aunque Odir no hubiese sido príncipe, porque emanaba poder y autoridad.

Al otro lado del salón, vio a la guardia personal de Odir que se reunía entorno a una pequeña puerta.

—¿Adónde me llevas, Odir?

—¿Ya no me llamas cariño?

Eloise intentó zafarse, pero él la agarró con más fuerza.

—Estate quieta, no montes una escena. Durante

los últimos seis meses has hecho muy mal tu papel de esposa, dudo que quieras ponerlo peor.

Su respuesta la confundió. ¿Qué más le daba a Odir que no fuese la esposa perfecta? En los dos meses posteriores a su boda no le había importado, había desaparecido durante semanas y la había dejado sola en palacio. Seguro que si la había hecho ir a Londres aquella noche era porque quería poner fin a su matrimonio.

Eloise no podía imaginar ningún otro motivo, después de las últimas palabras que Odir le había dirigido en Farrehed. Después de lo que había pensado de ella.

—No soy yo la que está montando una escena, Odir, sino tú. Voy a preguntártelo otra vez: ¿Adónde me llevas?

—A algún lugar en el que podamos hablar. Eso es lo que quieres, ¿no? ¿Hablar?

—Lo que quiero es...

Odir la hizo girar delante de él, demasiado cerca, y se inclinó hacia ella sonriendo cual marido enamorado. Acercó los labios a los suyos y le advirtió.

—No vuelvas a decir eso.

Y le golpeó la piel caliente con el aliento, haciendo que se le acelerase el corazón.

Odir volvió a agarrarla y la llevó hacia las puertas del ascensor. Las puertas se abrieron en silencio y Eloise entró. Si Odir quería hablar, hablarían, siempre y cuando después ella lograse su libertad.

Tardó un momento en darse cuenta de que estaba por primera vez a solas con su marido desde la noche de bodas. Desde que él la había dejado sola, incapaz de salir de aquel ridículo vestido blanco. En esos momentos, a su lado, se miró en el espejo el reflejo de ambos, y no pudo ver nada más.

Se fijó en que Odir había cambiado en los últimos seis meses. Tenía las sienes grises, que brillaban y resaltaban sobre el pelo negro. Habían aumentado las arrugas de sus ojos y parecía más delgado, también más poderoso y autoritario. Su colonia inundaba el ascensor de tal modo que Eloise no pudo oler nada más y se sintió completamente abrumada.

Había esperado encontrárselo enfadado. Furioso. No frío e indiferente. No obstante, ella era lo suficientemente astuta para reconocer los momentos previos al enfado, lo había aprendido en su niñez, de los hombres poderosos con los que se había encontrado en la vida, como su padre y como Odir.

—Odir...

—Todavía no —la interrumpió él, sin molestarse en abrir los ojos.

Y la ira que Eloise había estado controlando desde que él la había besado asomó por fin.

—No, me vas a escuchar...

Pero antes de que le diese tiempo a terminar la frase, el ascensor llegó a su destino y Odir salió a un pasillo y atravesó una puerta que le abría el guardia que los esperaba allí.

Eloise lo siguió sin saber adónde iba, molesta porque Odir no la escuchaba, y entró en una habitación con ventanales del suelo al techo y vistas a Londres, y sintió nostalgia a pesar de que no había vivido allí desde que había terminado la universidad y se había mudado a Farrehed.

No habían pasado ni tres años y allí estaba estudiando la ciudad como si se tratase de su dueña y señora.

Entonces se dio cuenta de que aquello era una tontería. Ella nunca había sido la dueña y señora de nada. Aquel había sido el papel de su padre y de su marido. Las mujeres de su familia nunca habían tenido el privilegio de ostentar semejante poder. Al menos, hasta que ella había dejado a su marido.

Odir estaba a dos pasos de ella, pero el reflejo en el cristal hacía que pareciese que estaban pegados el uno al otro. Él no hizo intención de encender las luces y cuando se giró hacia ella su rostro estaba oculto por las sombras.

Tal vez no hubiesen compartido cama ni hubiesen hablado en seis meses, pero Eloise conocía a su marido. Sabía que no debía provocarlo, pero tampoco podía retroceder a esas alturas. Aquella noche había tenido que hacer un esfuerzo enorme para ir allí, para enfrentarse a él por última vez.

—Quiero el divorcio.

—¿Qué? ¿Así, sin más?

—¿Qué quieres que te diga? Hola, marido, ¿qué tal tu día? —replicó Eloise en tono burlón.

—Bastante mal, la verdad. ¿Y el tuyo?

—También mal, he tenido que viajar para venir aquí sin saber el motivo.

—Conozco muchas facetas tuyas, Eloise. Dulce e

inocente, fría e indiferente, pero esta... indignada, es la que mejor te va.

Eloise pensó que, en realidad, Odir no la conocía. Tal vez no hubiese querido ni necesitado hacerlo después de haber conseguido casarse con ella. Suspiró pesadamente.

—Odir, por favor. Quiero el divorcio.

—Ya te he oído —le respondió él—, pero me temo que eso no encaja en mis planes.

—A mí tus planes ya me dan igual. Tengo mi vida en Suiza, una vida sin ti. He... cambiado, Odir. Ya no soy la misma mujer con la que te casaste.

Él entrecerró los ojos. Seis meses antes Eloise no hubiese discutido con él, pero en esos momentos lo estaba haciendo.

—Umm... —murmuró—. Tal vez hayas cambiado de verdad.

Odir se fijó en el gesto desafiante de Eloise. Había perdido peso en los últimos seis meses y no estaba seguro de que le gustase así. Bajó la vista a sus pies y fue subiendo por las caderas, los pechos, hasta llegar al rostro. Ella se ruborizó y él se excitó al verla.

La ira encendía su mirada y sus mejillas y a Odir le gustó, pero supo que debía mantenerse en guardia.

—Si te hubiese gustado lo que veías cuando te casaste conmigo, Odir, tal vez ahora no estaríamos en esta situación.

Él se dio cuenta de que siempre había sentido

debilidad por su esposa, muy a su pesar. El amor obsesivo que su padre había sentido por la suya había estado a punto de destruir el país y la atracción de Odir por Eloise había estado cerca de lo mismo.

—No te atrevas a echarme la culpa a mí —le advirtió él—. Tal vez yo no fuese a visitar tu cama, pero otro...

—¡Basta!

Dio la orden con energía y levantó una mano hacia él, y Odir disfrutó viéndola así, tan enfadada como él.

—Nunca te ha gustado oír la verdad, Eloise. Siempre has estado huyendo, ocultándote.

Odir pensó que aquellas palabras bien podrían estar dedicadas a él mismo.

—Nunca te ha interesado la verdad, Odir, salvo si eso te convenía a ti y convenía a Farrehed.

—¿De qué versión de la verdad estamos hablando, Eloise? Siento curiosidad. Porque me gustaría saber qué me voy a encontrar en los papeles del divorcio. ¿Me vas a culpar a mí o vas a reconocer que fuiste tú quien me traicionó? Dime, Eloise, ¿estás preparada para leer en todas las portadas de la prensa internacional que cometiste adulterio, con mi hermano?

A Eloise le entraron ganas de gritar. Tenía los puños cerrados y se estaba clavando las uñas en las palmas de las manos, pero no lo podía evitar, porque, si lo hacía, abofetearía a su marido.

Este nunca le había preguntado por lo ocurrido realmente aquella noche. Jamás.

—¡Vete! ¡Vete de mi vista y no se te ocurra volver!

Recordó sus palabras y sintió que su corazón se volvía a romper. Odir había sacado su propia conclusión, una conclusión equivocada. Y no había vuelto a mirar atrás.

La noche en que Odir había visto a su hermano intentando besarla, había sido una de las peores de la vida de Eloise. Odir no había permitido que su hermano ni ella se explicasen. Y era evidente que Jarhan no le había contado la verdad. Eloise tampoco había esperado que lo hiciera.

Intentó no recordar a Jarhan borracho, intentando besarla, pero no pudo evitarlo.

Ella había estado en otra habitación, en otro país. Había estado haciéndole compañía a Jarhan desde que el jeque Abbas había desvelado sus planes: su hijo pequeño se casaría con la princesa de un principado vecino, Kalaran. Eloise había intentado reconfortar a Jarhan, convencerlo para que hablase con su padre y le contase la verdad, pero Jarhan había tenido miedo.

Entonces, el que había sido su amigo se había convertido en otra persona al lanzarse sobre ella y besarla.

Aquel beso había roto su matrimonio, la relación entre dos hermanos, y el futuro con el que Eloise había soñado.

—Así que sigues sin creerme.

—¿Creer el qué? ¿Me vas a contar más mentiras?

Odir se dio la media vuelta y suspiró, el dolor que había contenido en aquel suspiro sorprendió a Eloise.

Dos años antes, cuando había pensado en casarse con Odir, había creído que ni siquiera el sol podía brillar más que él. Odir la había engatusado con su sentido del humor y su sentido crítico. Durante el año que había durado su compromiso, Eloise lo había observado, había estudiado cómo hablaba con el personal de palacio, había visto cómo adoraba a su pueblo y lo demostraba en todas sus decisiones, en todos sus actos.

Odir había sido un sueño hecho realidad. Su relación había comenzado por un acuerdo entre sus padres, pero después le habían dado forma ellos, o eso había pensado ella. Se habían hecho amigos, habían forjado una relación.

Odir había sido el príncipe que iba a hacerla olvidar las penas de su niñez, el príncipe que iba a liberarla de las garras de su padre. Eloise había pensado que tal vez Odir terminase por convertirse en su confidente, que por fin podría tener a alguien de su parte.

Pero las palabras y promesas de Odir se habían transformado en noches solitarias, en las que él había ido encontrando excusa tras excusa para evitarla, para dejarla sola.

En esos momentos, Eloise buscó a Odir entre las sombras y vio determinación en aquel rostro que tan cerca había estado de amar. Lo miró y se dio cuenta de que ella había sido una niña, con sueños infantiles.

Supo que no podía decir nada que cambiase lo ocurrido.

—El pasado no va a cambiar, pero el futuro puede hacerlo.

La sonrisa triste de Odir la enfadó.

—Puedes decirlo las veces que quieras, Eloise, pero no va a ocurrir.

—Odir, por favor. Entra en razón. Hubo un momento en el que podíamos hablar abiertamente... ¿No quieres pasar página? ¿No quieres encontrar a una princesa adecuada de verdad, que pueda gobernar a tu lado y darte, algún día, a los herederos que necesitas?

Con un poco de suerte, Odir empezaría a ser práctico y se daría cuenta de que su relación no tenía sentido.

Pero lo miró a los ojos y se dio cuenta de que aquello no iba a ocurrir, de que estaba siendo tan ingenua como aquella niña que había esperado a que un caballero llegase a rescatarla y se la llevase a un reino mágico.

—Así que, en la víspera de tu cumpleaños, a punto de heredar el fondo que te dejó tu abuelo, ¿por fin te sientes preparada para pedirme el divorcio?

La acusación no le gustó, pero lo que más sorprendió a Eloise fue que Odir supiese de la existencia del fondo.

—¿Cómo lo sabes?

—Es increíble lo que se puede averiguar en tan solo unas horas.

Eloise deseó que Odir la pudiese entender, deseó poder contarle lo que quería hacer con el dinero. Quería utilizarlo para que Natalia recibiese el tratamiento que necesitaba e intentar salvar así una vida que, de cualquier otro modo, terminaría casi antes de haber comenzado.

Pero antes de que le diese tiempo a explicarse, Odir continuó hablando, furioso.

—Dime, sinceramente, ¿estabas esperando a poder cobrar el fondo para pedirme el divorcio?

Eloise no podía negarlo. En realidad, no había tenido otra opción. Su padre había establecido que no podría terminar aquel matrimonio hasta que no hubiese cobrado el fondo, y ella no podía explicarle el motivo a su marido.

—¿Siempre has sido una cazafortunas? ¿O cambiaste al probar las mieles de la vida real, por breve que fuese la experiencia?

Odir odió hablar así, dejarse llevar por el enfado.

—Si eso es lo que piensas de mí, es evidente que tenemos que divorciarnos, Odir. Es imposible que dos personas permanezcan juntas con tanto odio de por medio.

—Hiciste los votos del matrimonio ante Dios, ante el rey de mi país y ante su pueblo. No tenemos elección.

—Siempre hay elección. Tú mismo has realizado muchos cambios en el país en los últimos seis meses. Has hecho cosas increíbles, que han ayudado a recuperar el respeto mundial a Farrehed.

¿Era posible que hubiese admiración en su voz? A Odir le sorprendió que Eloise hubiese seguido los cambios que él había realizado en los últimos meses. Había pasado muchas horas intentando arreglar todo lo que su padre había estropeado. ¿O tal vez lo estaba alabando para conseguir su propósito?

Se preguntó qué sería necesario para que Eloise se diese cuenta de que lo que ella quería no importaba. Que lo que él quería, tampoco importaba. Ni importaba en esos momentos ni lo haría después...

Se obligó a centrarse en la conversación.

—¿De qué servirían todos esos cambios, el duro trabajo, si permitiese que mi esposa se divorciase de mí? Ahora que he conseguido llevar a Farrehed al siglo XXI, ahora que he puesto dinero, tiempo y energía en inversiones que convertirán a Farrehed en una economía mundial. ¿Sabes lo que ocurriría con todos esos cambios, Eloise, si su rey se divorcia? Todos esos cambios se transformarán en polvo.

—Todavía no eres el rey, Odir. Y, aunque fuese difícil, podrías obtener el divorcio antes de acceder al trono.

Sus palabras se clavaron cual dagas en el corazón de Odir. Se sentía dolido, enfadado y agotado. Pensó que si lo que quería Eloise era su fondo, le haría una oferta que no pudiese rechazar.

—Déjame ir, Odir. Déjame ir y no volverás a oír hablar de mí.

Él dejo escapar una carcajada amarga y salió de las sombras para colocarse bajo un rayo de luna.

—Ojalá pudiera. De verdad, pero por desgracia no es posible. Si lo que te mueve es el dinero, podemos llegar a un acuerdo, a un acuerdo que supere el fondo de tu abuelo. Vuelve a mi lado y te daré dos millones de libras. Dame un hijo y te daré otros cinco millones más.

Capítulo 3

Eloise pensó que tenía que haber oído mal y controló el impulso de sacudir la cabeza para ver si así se le destaponaban los oídos.

Se preguntó si aquello sería una broma de mal gusto, pero la sonrisa decidida de Odir hablaba por sí sola.

Ella intentó pensar con rapidez y sopesar las distintas posibilidades que se le ofrecían. La cantidad de dinero le pareció obscena, estaba muy por encima de lo que su abuelo le había dejado. No solo podría pagar el tratamiento de Natalia, sino mantener abierta la clínica, que estaba a punto de cerrar, y ayudar así a otras muchas personas.

Pero a cambio tendría que volver al lado de Odir. Tendría que volver a Farrehed y al escrutinio de la prensa internacional. No podría volver a su pequeño piso de Suiza, no volvería a ver la sonrisa de Natalia ni a disfrutar de su compañía. No tendría la libertad de pasear sola por las bonitas y limpias calles de Zúrich. Y tendría que dejar su trabajo en la clínica.

Aquello le dolió. Le encantaba su trabajo, le

gustaba trabajar y la sensación de que se ganaba la vida sola.

Si aceptaba el dinero que le ofrecía Odir, no volvería a ser libre. Tendría que darle herederos y viviría en un matrimonio construido sobre mentiras y desconfianza. Ella había crecido en una familia así y había prometido que jamás cometería el mismo error ni le haría a otro niño lo que le habían hecho a ella.

Miró a Odir y le sorprendió verlo sonriendo.

—Veo que te lo estás pensando —comentó él.

Se acercó al bar y se sirvió el whisky que le había apetecido un rato antes. Se preguntó por qué no se sentía mejor al ver que Eloise consideraba su propuesta. Y se obligó a concentrarse en la rueda de prensa que tendría que dar a las ocho de la mañana del día siguiente.

Si la daba solo, parecería débil, haría que su país pareciese débil, y eso era injustificable.

De repente, sintió que estaba al borde de un precipicio del tamaño del Gran Cañón. Farrehed iba a entrar en una época convulsa y él miró a la mujer que tenía delante, que a su vez lo miraba horrorizada, como si se tratase del mismísimo demonio, y supo que la necesitaba.

—No puedes hacerme semejante oferta y después quedarte en silencio, esperando una respuesta —protestó Eloise.

Lo había estado observando y había visto varias emociones surcar su rostro. A su padre nunca le había gustado Odir. Había dicho que era porque nunca sabía lo que pensaba el joven heredero, pero Eloise jamás había tenido aquel problema. Aunque no podía explicar el motivo, siempre había sabido lo que pasaba por la cabeza de Odir.

A pesar de que a él tampoco le gustaba la oferta que había tenido que hacerle, era evidente que se había relajado al pensar que ella iba a aceptarla. Eloise conocía bien aquella expresión. Era la misma que ponía su padre cuando pensaba que iba a conseguir lo que quería.

Una expresión que ella odiaba.

Hizo acopio de valor, sabiendo que no podía volver a aquel matrimonio, aunque en el pasado hubiese sentido algo por Odir. Estaba cansada de que pensasen mal de ella, de tener que sacrificarse por personas a las que no les importaba, cansada de estar sola, de que no la quisieran.

—No aceptaré ni un penique de tu dinero, Odir. Quiero el divorcio y haré lo que sea necesario para conseguirlo.

—Doblo la oferta —respondió este, como si catorce mil dólares no fuesen nada para él.

Eloise contuvo una palabra malsonante. Con aquel dinero podría llevarse a Natalia y a la clínica entera a Farrehed. E incluso podría convencer a su madre para que fuese también. Las personas a las que quería no tendrían de qué preocuparse nunca más.

Sintió náuseas al darse cuenta de que estaba considerando la oferta. No había pensado que hubiese nada que pudiese hacerla volver a aquella vida, a la vida de la que había huido.

Respiró hondo y cerró los ojos. «Cuenta hasta diez. Cuenta siempre hasta diez antes de tomar una decisión».

Era como si el mundo hubiese dejado de girar. Odir lo vio en sus ojos. Eloise estaba a punto de decir la única palabra que él quería escuchar.

Y entonces, tres golpes en la puerta rompieron la tensión del momento.

—Adelante —ordenó con desgana.

Su asistente asomó la cabeza.

—Su discurso, mi... señor. Es el momento.

Odir juró en voz alta y su asistente lo miró sorprendido. Odir no se había dado cuenta del tiempo que llevaban en aquella habitación. Su esposa había vuelto a distraerlo de sus obligaciones. Ya le había ocurrido durante el noviazgo. Su preocupación por ella, y su voluntad de forjar una relación distinta a la de sus padres, habían hecho que no viese el daño que su padre estaba haciendo.

Iba a tener que prestar más atención, no podía cometer más errores. No había esperado que Eloise aceptase inmediatamente, pero... Tampoco estaba del todo tranquilo con su respuesta. De haber sido dinero lo que quería, habría visto avaricia y triunfo en su mirada, no lo que había visto, que prefería no intentar calificar.

Porque, si lo hacía, sus meticulosos planes se vendrían abajo.

Sin esperar a ver si lo seguía, Odir salió de la habitación y entró en el ascensor. Sintió cierta satis-

facción al ver que Eloise entraba también y se colo-
caba a su lado.

Volvieron en silencio al salón en el que se cele-
braba el acto y Odir fue maldiciendo mentalmente
a su padre y maldiciéndose a sí mismo por haber
sido tan estúpido.

Había accedido a casarse con Eloise porque había pensado que aquel matrimonio los beneficiaría
a todos.

Pero después de conocer a Eloise había empezado a querer algo distinto.

Tal vez hubiese sido porque se habían conocido
antes de que ella supiese quién era él. Aquel día en
los establos. Eloise había sido la primera mujer en
tratarlo con normalidad, en burlarse de él con naturalidad. Tal vez hubiese sido entonces cuando más
la había deseado, antes de descubrir cuáles eran los
planes de su padre, y la identidad de la joven.

O tal vez hubiese sido cuando había creído haber
visto alivio en su mirada, al hacerle su propia oferta.
Una oferta que incluía una relación de verdad.

Odir había querido para su futuro algo más que
un frío matrimonio de conveniencia, pero no obse-
sionarse tanto como su padre se había obsesionado
por su madre.

Pero se había equivocado.

La noche de bodas habían compartido un beso
abrasador. Y entonces su asistente los había interrumpido, presa del pánico, con la noticia de que
era posible que Farrehed entrase en guerra, y Odir,
por un instante, había estado a punto de olvidarse
de todo y perderse en su esposa.

En aquel horrible momento había comprendido lo que su padre había sentido por su madre.

El hecho de que su padre hubiese utilizado el día de su boda para invadir Terhren era inexcusable, pero en realidad el que más se había traicionado a sí mismo había sido el propio Odir, porque tenía que haberlo sabido.

Así que había dejado a su esposa esperándolo en palacio y había tomado un helicóptero para embarcarse en tres semanas de intensas y duras negociaciones secretas con el jeque de Terhren.

Y cuando había regresado, había hecho todo lo posible por controlar aquella atracción, para asegurarse de que jamás volvería a sentirse tentado a desatender sus obligaciones. Y había trabajado muy duro para conseguir que Farrehed volviese a su esplendor.

En aquellos momentos, para asegurarse de que todo el trabajo, todo el sacrificio, no iban a quedar en nada al día siguiente a las ocho de la mañana, necesitaba que su esposa accediese a volver a su lado.

Obtendría una respuesta antes del discurso. ¿Y si ella volvía a decirle que no? En ese caso tendría que utilizar su siguiente arma, y entonces Eloise no tendría elección.

El ruido que los recibió al salir del ascensor resultó ensordecedor, atronador.

Eloise estaba hecha un lío después de todo lo ocurrido en la última hora. Todavía no sabía lo que iba a responder a la oferta que le había hecho Odir.

Y aquel ambiente la abrumaba, después de haber pasado los últimos seis meses viviendo de manera tranquila, modesta y prácticamente anónima.

Todos los presentes la habrían mirado con sorpresa de haber sabido que había estado trabajando de secretaria para el director financiero de una clínica privada en el corazón de Zúrich.

Se le encogió el corazón. Echaba de menos aquella tranquilidad y le molestaba volver a aquel mundo de sonrisas falsas, cumplidos hirientes y comentarios mordaces, realizados en tono ligero y con risas, para convertirlos en comportamientos socialmente aceptables.

Miró a su alrededor y vio muchos diamantes, y se preguntó qué pasaría si, por una vez, se quitaba la careta y dejaba salir a su verdadero yo...

Odir deseó gemir al ver que el joven príncipe de Kalaran se acercaba a ellos mirándolos con desdén.

—Odir —lo saludó, sin ocultar su desprecio, y después se giró hacia Eloise—. Todavía no nos han presentado, ¿verdad?

La falta de respeto del príncipe de Kalaran a la futura reina de Farrehed, enfureció a Odir. Y estaba a punto de reaccionar cuando notó la mano de Eloise en su brazo.

—Sí que nos conocemos —respondió esta—. ¿No fue el príncipe Imin quién vomitó en un tapiz del siglo XVI en nuestra fiesta de compromiso, querido?

—Pensé que había sido un primo del duque de Cambridge, pero ahora que lo mencionas... —dijo él, en el mismo tono altivo que había utilizado el otro hombre.

–Creo que costó dos mil libras limpiarlo –continuó Eloise.

–Yo diría que fueron más bien cuatro mil –continuó Odir, frunciendo el ceño, como si estuviese intentando recordarlo.

–Dos mil libras no es nada en comparación con lo que tu padre y tu hermano le han costado a Kalaran –replicó Imin enfadado.

–Debería dirigirse a mi marido por su título, príncipe Imin –lo corrigió Eloise en tono gélido.

Y, sorprendentemente, el gesto del otro hombre se tornó contrito.

–Príncipe Imin, si mi padre llegó a algún acuerdo con el vuestro, yo me dirigiré personalmente a él –añadió Odir.

–Bien. Me ha llegado la noticia de que su padre está enfermo, pero espero que esté bien, jeque Odir.

Odir apretó los puños y habría reaccionado si Eloise no hubiese estado agarrándolo del brazo.

–Prince Imin, ha sido interesante volverlo a ver, pero me temo que tengo temas más importantes que tratar.

Y, dicho aquello, Odir se apartó del otro hombre, acompañado por su esposa.

Aquello era precisamente lo que había esperado de su unión. Formar un equipo, tener a alguien a su lado mientras navegaba por las furiosas aguas del traicionero mar político creado por su padre. Aquello era lo que había visto al principio en Eloise, y recordarlo lo dejó aturdido por un instante.

Entonces, la oyó reír entre dientes.

—¿Has visto qué cara ha puesto? He pensado... que iba a explotar —comentó en voz baja.

Odir esbozó una sonrisa.

—Eso habría sido...

De repente, Eloise se puso seria.

—¿Con eso es con lo que has tenido que lidiar?

—¿A qué te refieres? —le preguntó él, recordándose que no debía acercarse demasiado a ella.

—¿Cuándo ha empeorado tanto la relación entre Farrehed y Kalaran? —le preguntó ella.

—Después de que se rompiese el compromiso de Jarhan, y con los nuevos acuerdos comerciales con Terhren, la situación se ha complicado bastante —admitió Odir.

En realidad, no estaba contándole nada que no pudiese saber.

—No era consciente...

Odir espiró, cansado.

—¿De verdad te importa, Eloise?

Ella lo miró dolida.

—Por supuesto que me importa, Odir. Farrehed se convirtió en mi país, también es mi pueblo —le contestó.

Y en aquel mismo momento, Eloise se dio cuenta de que era verdad. El tiempo que había pasado trabajando con las tribus del desierto le había hecho darse cuenta de la fuerza que tenían los pueblos nómadas de Farrehed.

Los recuerdos la asaltaron de nuevo y Eloise notó que volvía a vivir. Se dio cuenta de que, en realidad, había echado Farrehed de menos.

Avanzaron entre la multitud y Eloise no dejó de sonreír mientras miraba a su alrededor.

Hasta que sus ojos se posaron en un rostro que le era familiar, situado junto al bar, y sintió alegría, tristeza, sorpresa y un poco de miedo. Jarhan estaba apoyado en la barra, con una copa en la mano. No lo había visto beber nunca, hasta seis meses antes. Se preguntó qué hacía allí. Era extraño que los dos príncipes de Farrehed estuviesen juntos en un acontecimiento de tan poca importancia.

Jarhan la miró a los ojos y Eloise se dio cuenta de que se arrepentía de lo ocurrido aquella noche. Jarhan no había sido consciente de las consecuencias que tendrían sus actos, y Eloise sintió tristeza y pena.

Estuvo a punto de sonreírle de manera conciliadora. Jarhan la había reconfortado durante las largas ausencias de su marido. Había sido cariñoso y divertido, y Eloise siempre había tenido la sensación de que en realidad no encajaba en la familia real.

Tal vez no lo supiese nunca. Sobre todo, después de que su compromiso se hubiese roto tras lo ocurrido aquella fatídica noche.

Notó la mirada de Odir en ella y se giró a mirarlo.

—No me pongas a prueba, *habibti* —le advirtió este en un susurro, enfadado—. Necesito una respuesta y la necesito ya.

Eloise volvió a mirar a Jarhan, vio en él el coste del deber y el sacrificio, que casi aplastaban a su amigo, y supo que ella no quería, no podría, vivir así.

–No, Odir. Mi respuesta siempre será no. Hay demasiado dolor...

–No me hables de dolor. Esta noche, no, Eloise –le respondió él, sonriendo con tristeza–. Lo siento, pero no tengo elección.

Y dicho aquello avanzó entre la multitud de dignatarios internacionales, miembros de la alta sociedad, actores y actrices, personas de las más ricas del mundo, todas esperándolo a él.

No fue necesario que pidiese silencio, nadie hablaba ya.

Eloise se preguntó qué habría querido decirle Odir con aquello.

Al principio, se sintió tan preocupada que ni siquiera escuchó las primeras palabras del discurso. Se giró hacia Jarhan, que ya no estaba junto a la barra. No tenía nada ni a nadie en quien apoyarse. Estaba sola, rodeada de gente, y lo único que la mantenía en pie era la voz de su marido.

Oyó risas y aplausos mientras Odir pedía donaciones para la obra benéfica de la que Odir ya había hablado aquella noche. Y Eloise reconoció, todavía aturdida, que aquel era un proyecto que había iniciado ella varios meses antes de marcharse. Un proyecto que él había hecho prosperar.

Pero seguía confundida y enfadada porque sabía que Odir estaba a punto de hacer o decir algo que la iba a afectar.

–Gracias a todos ustedes, vamos a poder continuar mejorando la atención sanitaria en las zonas más remotas de Farrehed. Mi país, mi gente y mi familia les agradecen todos los días que deseen hacer negocios en nuestro país, porque nuestra relación es muy importante no solo para el presente, sino también para el futuro, para las futuras generaciones de mi pueblo y de mi familia.

Hizo una pausa y encontró a Eloise entre la multitud.

Ella se preguntó por qué hablaba tanto de su familia, por qué hablaba en tono tan dulce, casi conspirador.

–Una familia –continuó Odir–, que pronto empezará a crecer.

Tendió la mano hacia ella, y Eloise sintió el peso de cientos de ojos puestos en ella. La multitud aplaudió, la felicitaron, le dedicaron buenos deseos.

Y, por primera vez en su vida, a Eloise se le olvidó sonreír, se le olvidó hacer su papel.

Porque su marido acababa de anunciar que estaba embarazada.

Capítulo 4

Eloise dejó escapar una carcajada histérica. De hecho, estaba a punto de echarse a llorar.

Notó curiosidad a su alrededor y se obligó a sonreír mientras aceptaba y agradecía los buenos deseos.

Rezó porque el rubor que encendía sus mejillas, causado por la ira, se confundiese con felicidad. Iba a matarlo. En cuanto se le acercase... le haría lo que hacía falta para que no pudiese tener hijos jamás.

Miró hacia el estrado, donde había estado Odir unos segundos antes, pero ya se había bajado y avanzaba entre la gente, que lo golpeaba en la espalda, le daba la mano, lo felicitaba por su buena fortuna.

¿Buena fortuna?

Recordó lo que Odir le había dicho, presa de la ira, después de haber dado por hecho que había tenido una aventura con su hermano.

—¡Márchate!

Y eso fue lo que hizo, se giró y huyó, como había hecho varios meses antes.

Sabía que Odir no podría avanzar entre la multi-

tud lo suficientemente deprisa como para alcan-
zarla, así que salió al pasillo, que estaba en silencio,
y buscó una salida, pero vio a uno de los guardias
de Odir a un lado, y otro apareció enseguida a sus
espaldas.

Eloise avanzó un paso y retrocedió dos. Se sintió
atrapada. Había estado a punto de recuperar la libertad. Había estado a punto de conseguir todo lo
que quería, pero su marido se lo había arrancado
con una única frase.

Miró hacia el frente, vio a Malik y supo que este
no la ayudaría.

Se dijo que era una ironía que Odir hubiese
anunciado su embarazo cuando ni siquiera habían
pasado juntos la noche de bodas.

Vio una puerta corredera, que daba al balcón que
recorría la fachada del alto edificio y salió. La brisa
alivió su confusión.

Había calentadores situados junto a los sillones
y sofás color beige, los toldos estaban recogidos.
Se acercó a la barandilla de metal y la agarró con
fuerza, permitiendo que el frío la penetrase.

Y allí, a oscuras y sola, con Londres iluminado a
sus pies, como si también estuviese celebrando al
hijo que se suponía que esperaba, el viento la des-
peinó e hizo ondear su vestido. Eloise deseó poder
desaparecer, hacer que el aire la llevase a los confi-
nes de Inglaterra, lejos de allí.

Porque todavía era virgen y no estaba, ni mucho
menos, preparada para ser madre, mucho menos,
para tener un hijo nacido de la inmaculada concep-
ción.

Después de su noche de bodas, Eloise había tardado tres semanas en darse cuenta de que su marido no iba a visitar su cama. ¿Tanto lo había horrorizado su beso inexperto? ¿Había sido eso lo que lo había apartado de ella? ¿Le habría prometido que su matrimonio sería real solo para conseguir que ella accediese a pasar por el altar?

Eloise sacudió la cabeza, como para intentar deshacerse de los pensamientos que la habían consumido durante los dos meses de soledad que había pasado en palacio. Semana tras semana, mes tras mes, solo las dudas y los miedos le habían hecho compañía. La habían ido carcomiendo.

Estaba cansada de estar sola.

Y nunca, ni en sus más oscuros sueños, había considerado volver a su lado. No quería que sus hijos sufriesen con un matrimonio así. No después de lo que ella misma había sufrido. A los hijos había que protegerlos, no manipularlos ni utilizarlos como peones de un juego político.

Pero, por un instante, se imaginó a un niño con su piel clara y los ojos oscuros de Odir, y le robó el corazón.

Furioso con su esposa, por haberse marchado cuando él había dado la noticia, Odir consiguió apartarse de la multitud.

¿Dónde estaba Eloise? ¿Por qué tenía él el corazón acelerado? ¿Por qué sentía algo parecido a miedo? ¿Acaso no corría por sus venas la sangre de sus ancestros guerreros?

Vio a Malik, que señaló hacia el balcón.

Cuando sus ojos se posaron en los hombros delgados de Eloise, su pulso se calmó y por fin pudo respirar. Se fijó en toda ella, en su pelo, en cómo el vestido envolvía su cuerpo delgado.

La primera vez que la había visto en los establos, dos días antes, le había parecido una chica esbelta. Guapa. Y, cuando su padre se la había vuelto a presentar unas horas después, se había sorprendido. ¿Cómo era posible que su padre pensase que aquella chica podría ser su esposa? Él había dudado que pudiese durar ni un mes en el calor de Farrehed.

Tal vez, si por aquel entonces él se hubiese fijado en su capacidad de supervivencia, se habría preparado mejor para su esposa.

Aunque, en aquellos momentos, Eloise parecía perdida. No había otro modo de describirla. Y Odir no pudo evitar maldecir el pasado y los acontecimientos que los habían llevado allí, y que habían hecho que contase aquella mentira que obligaría a Eloise a seguir a su lado.

Malik apareció a su lado.

–¿Estás seguro de que es lo quieres? –le preguntó su viejo amigo otra vez, como si él también se diese cuenta de que estaban al borde de un precipicio.

«No», en realidad, Odir no quería haber hecho lo que acababa de hacer, pero no tenía elección. Solo faltaban nueve horas para la rueda de prensa y si Eloise no estaba a su lado para entonces, su destino sería terrible.

–Que no me molesten.

Malik asintió y se apostó frente a la puerta de cristal.

Odir se acercó a ella y sintió que el viento lo empujaba, como si los elementos estuviesen a su favor e intentasen impedir que se acercase a ella, que la tocase, y Odir supo que el deseo y la necesidad eran signos de debilidad que no se podía permitir.

Así que dijo lo que supo que mantendría a Eloise a cierta distancia.

—No es digno de una esposa abnegada salir corriendo justo cuando termino el discurso, *habibti*.

Eloise se giró y su pelo y su falda ondearon al viento. Y él solo se dio cuenta de lo cerca que estaba cuando ella lo empujó con fuerza utilizando ambas manos.

Malik se movió a sus espaldas, pero Odir levantó una mano para que no se acercase, no era necesario, su esposa no representaba ninguna amenaza.

—Desde que te conozco, nunca te había escuchado mentir —lo acusó Eloise.

—No, de eso ya te ocupabas tú.

—Pues el mundo entero se va a llevar una gran decepción cuando en vez de recibir noticias del futuro heredero de Farrehed, se entere del divorcio del príncipe.

A Eloise le dio igual estar gritando. Y eso que ella no gritaba nunca.

«Jamás alces la voz ni montes un espectáculo».

En esos momentos no recordó las instrucciones de su padre, estaba furiosa.

Vio a Malik moverse a espaldas de Odir y retrocedió.

—Déjanos, Malik —le ordenó su marido en tono brusco.

—Pero mi...

—Quédate donde estás, Malik. Te he dicho que nos dejes.

—Lo que has dicho no cambia nada, me voy a marchar —le aseguró Eloise en tono desesperado.

—Me temo que subestimas el poder de los medios de comunicación. Ahora mismo hay cien personas muy influyentes brindando a tu salud y a la de tu futuro hijo. La noticia correrá como la pólvora y, antes de que amanezca en Farrehed, mi pueblo celebrará la buena nueva como no ha celebrado nada en mucho tiempo.

Se fue acercando más mientras hablaba, haciendo que Eloise se apretase contra la barandilla del balcón.

—¿Y cuando no dé a luz a ningún niño? —preguntó ella—. ¿Qué ocurrirá? ¿Qué pasará cuando no se me note el embarazo? ¿Contarás otra mentira? ¿O esperarás que tanto yo como el país lloremos la pérdida?

A Eloise todo aquello le pareció horrible.

—Eres un cerdo, Odir.

—¿Piensas que es esto lo que quería? —replicó él, furioso.

En esos momentos era él el que gritaba, y Eloise nunca lo había visto gritar. Ni siquiera aquella terrible noche en la que le había ordenado que se marchase de palacio.

—¿Piensas que he disfrutado contando una mentira?

—En realidad, me da igual. No voy a participar de ella. Estamos en el siglo XXI, Odir, no puedes mentir y chantajearme para que vuelva a tu lado.

—¿De verdad piensas que después de esto puedes marcharte y tener una vida normal? ¿Piensas que vas a poder volver con el hombre con el que estuvieses en Suiza?

—¿Qué hombre? ¿De verdad piensas que he estado con alguien en Zúrich? Dime, Odir, aparte de ti, ¿hay alguien más con quién no me haya acostado?

Él la fulminó con la mirada.

—¿Y cuando el niño nazca, pedirás una prueba de ADN?

—Es evidente que tendrás que pasar por pruebas médicas antes de que mi hijo sea concebido —le contestó él.

Ella dejó escapar una carcajada amarga.

—¿Y cómo pretendes tener un hijo con una mujer a la que casi no puedes ni mirar, mucho menos, tocar? —preguntó, mientras recordaba el beso que Odir le había dado aquella misma noche—. ¿También tenías la esperanza de hacerlo desde la distancia? ¿Con la ayuda de los médicos? ¡Si ni siquiera estuviste conmigo la noche de bodas!

—¡No tuve elección! ¿Qué querías? ¿Que le diese la espalda a mi país? ¿Que entrásemos en guerra con Terhren?

Odir contuvo una palabra mal sonante, aquello estaba muy cerca de lo que había ocurrido aquella noche.

–No, pero al menos podrías haberme dicho algo. Podrías haberme dado una explicación.

–No tuve tiempo. No habría podido volver contigo ni aunque hubiese querido.

Aunque aquella no era toda la verdad. No había vuelto porque se había sentido abrumado por la atracción.

El deseo entre ambos siempre había sido muy fuerte, desde la primera vez, cuando se habían visto en los establos.

Y Odir también lo había sentido cuando su asistente había ido a buscarlo la noche de bodas y había interrumpido aquel beso... un beso que Odir jamás podría olvidar.

Pero se había jurado no sucumbir jamás a aquel deseo, sobre todo, después de haber sido testigo de las consecuencias que aquello había tenido en su padre cuando su esposa había fallecido. Cuando Jarhan y él habían perdido a su madre.

–Está bien, Odir –añadió Eloise en tono burlón–. No tuviste tiempo para contarme lo que estaba ocurriendo. No tuviste tiempo de pedirle a nadie que viniese a avisarme de que no te esperase allí toda la noche, con el vestido de novia puesto, un vestido que tuve que quitarme rompiéndolo con unas tijeras, Odir. Pero, dime, ¿qué pasó la noche siguiente? ¿Y la siguiente? ¿Y después?

–Tardé tres semanas, Eloise, tres semanas en poder convencer al jeque de Terhren de que ninguno queríamos una guerra que podía destruir a los dos países.

—¿Y después de esas tres semanas, qué guerra te dedicaste a evitar? ¿Qué impidió que vinieras a darme una explicación? Me mentiste, Odir. Antes de casarnos, me dijiste que tendríamos una relación, que compartiríamos el peso de la carga.

Y se lo había dicho de corazón, pero había subestimado la capacidad de su padre para destruir el país. Abbas había aprovechado que él estaba entretenido con Eloise, con la boda, con su relación, para traicionarlo a él y al país.

Se dijo que Eloise tenía razón, tenía que haberla informado de lo que ocurría. Tenía que habérsela llevado a las misiones diplomáticas. Si hubiese confiado en sí mismo, si hubiese sido capaz de controlar el deseo que sentía por ella...

Pero le había dado miedo dejarse llevar y convertirse en su padre.

No obstante, eso no se lo podía contar a Eloise. No podía mostrar semejante debilidad. Sobre todo en un momento en el que ella tenía tanto poder.

«No habría podido volver contigo ni aunque hubiese querido».

Eloise odió cómo le hicieron sentirse aquellas palabras. Odió que su marido todavía pudiese hacerle daño.

—Hice lo que tenía que hacer, Eloise. Lo mismo que estoy haciendo ahora.

—Yo también estoy haciendo lo que tengo que hacer. No puedo traer un hijo a este... matrimonio. No puedo estar casada con un hombre que piensa que he sido capaz de serle infiel con su propio hermano.

–Ni lo menciones –le dijo él–. El pasado, pasado está. Pasado y muerto para mí. Ya no importa. Ahora lo único que importa es que mañana estés a mi lado.

–No permitiré que me hagas callar, esta vez, no. Entre Jarhan y yo no ocurrió nada. Nada.

Por primera vez, Odir pensó que aquello sonaba extraño. Si lo que Eloise quería realmente era el divorcio, ¿no habría sido más fácil admitir que le había sido infiel? Pero se estaba defendiendo de la acusación, se estaba defendiendo como él no le había dado la oportunidad de hacerlo aquella noche. ¿Era posible que se hubiese equivocado? ¿Podía haber malinterpretado la situación?

–Dijiste que podíamos tener más de lo que nuestros padres habían planeado para nosotros, que no teníamos por qué dejarnos manipular, pero tú resultaste ser peor que ellos porque, al fin y al cabo, ellos no mintieron acerca de sus intenciones. Así que, no, no volveré a tu lado. Me da igual que le hayas contado a todo el mundo que estoy embarazada. No me importa lo que digan de mí.

Y era la verdad. No había mentido a Odir al decirle que había cambiado. Se había encontrado a sí misma en Zúrich y sentía una fuerza y una seguridad que ni siquiera el príncipe de Farrehed le podía arrebatar.

–Puedes tomar tus mentiras y tu dinero y metértelo por tu trasero real.

—¿Por mi trasero real? ¿Te estás burlando de mí?

—No, Odir. Hablo en serio. Muy en serio. Voy a divorciarme. Digas lo que digas.

Al otro lado del río, el Big Ben dio la medianoche. Con cada campanada, Odir sintió que su destino lo acechaba.

—No, *habibti*, no vas a divorciarte. No puedes.

—¿Para qué me necesitas, Odir? ¿Por qué no me dejas marchar?

Odir vio inocencia y curiosidad en sus palabras, en realidad, Eloise no sabía lo que le estaba pidiendo, pero él le iba a contestar como contestaría a la prensa en ocho horas.

—Porque mi padre ha fallecido esta mañana, Eloise, y ahora el rey de Farrehed soy yo.

Capítulo 5

2 de agosto, 00.00-01.00 horas, Heron Tower.

Por segunda vez en las últimas horas, Eloise sintió que el mundo dejaba de girar y que ella ya no sabía nada de lo que creía haber sabido.

–¿Que ha fallecido? ¿Cómo es posible? –preguntó.

No podía creer que el rey de Farrehed hubiese muerto. Había sido un hombre fuerte y decidido y, aunque se hubiese equivocado con frecuencia en sus decisiones.

El padre de Odir le había parecido una fuerza indestructible de la naturaleza. Eloise sabía que Odir y Abbas no se habían llevado bien, aunque Odir nunca había discutido con su padre delante de ella. Jamás. Ni siquiera antes de su matrimonio.

–Sufrió un ataque hace tres semanas y entró en coma. Los médicos hicieron todo lo que pudieron por él –respondió Odir, intentando no pensar en la última vez que había hablado con su padre.

Miró a su esposa y, de repente, deseó abrazarla y reconfortarla, porque parecía angustiada. Y entonces se dio cuenta de que aquello era ridículo. ¿No era él quién necesitaba que lo reconfortasen? ¿No debía ser él el que estuviese angustiado? Pero buscó en su interior y solo encontró aturdimiento. Había estado así, aturdido, desde que había discutido con su padre tres semanas antes.

—¿Por qué no se ha sabido todavía? ¿Qué estás haciendo en Inglaterra? ¿No deberías estar en Farrehed?

Aquellas mismas preguntas y acusaciones se las llevaba haciendo él todo el día, pero después de haber hablado con su hermano y con sus consejeros, todos habían llegado a la misma conclusión: para que pudiese volver a Farrehed y asumir el trono, sin que las tribus más remotas y los países vecinos se opusieran, necesitaría tener a Eloise a su lado y presentar la perfecta imagen de la familia real tradicional.

A pesar de todo lo que había trabajado en los últimos años para demostrar su valía, no era nadie sin aquella mujer de su brazo.

—Volveré a Farrehed hoy mismo. Con mi reina.

Y vio en los ojos de Eloise que esta comprendía por fin lo que significaba aquella noticia y el motivo por el que Odir la necesitaba a su lado.

A pesar de seguir sorprendida, Eloise se dio cuenta de cuánto le dolía aquello: no era por ella misma ni por lo que sentía por ella por lo que Odir quería que volviese con él.

Había tenido una leve esperanza de que Odir la quisiese para algo más que para conseguir su objetivo.

Aunque también comprendió que Odir había perdido a su padre, y Farrehed a su rey, y que el país no podía sobrevivir sin su reina.

A pesar de todo, no supo si podía darle la espalda al país que la había acogido durante dos años, de cuya gente se había enamorado y en cuya tierra se sentía tan bien como en su país de origen.

Pero ¿era aquello suficiente? ¿Podía sacrificar su felicidad por Farrehed?

Deseó poder desaparecer de repente al sentir la mitad del peso que debía de sentir Odir sobre sus espaldas, pero supo que no podía hacerlo. No la habían educado así. No podía derrumbarse. Si Odir aguantaba, ella aguantaría también.

—Entiendo que necesites tiempo para procesar todo esto —comentó Odir.

—¿Qué? ¿Más tiempo del que has tenido tú?

—Deja de discutir conmigo, por favor.

Era la primera vez que Eloise lo oía utilizar aquellas dos últimas palabras. Lo hizo, además, con resignación. Y... con tristeza.

Odir vio temblar los hombros de su esposa, no supo si era por la sorpresa o porque tenía frío, a pesar de que hacía una temperatura excepcionalmente alta para Inglaterra a aquellas horas de la noche.

Se quitó la chaqueta y la puso sobre sus delgados hombros. Y al acercarse sintió una indeseada punzada de deseo.

Pero además del deseo hubo algo más, mucho más peligroso. Ilusión. Y se preguntó, y no era la primera vez, cómo sería perderse por completo en el cuerpo de Eloise y sentir que esta temblaba bajo sus caricias.

La miró a los ojos y vio en ellos compasión, y lo odió. Odió que la mirada de su esposa pudiese debilitarlo. La maldijo y se preguntó por qué no sentía ella lo mismo. ¿Por qué no tenía ella la misma debilidad? No había nada que lo hubiese tentado más desde su noche de bodas.

Y entonces, como si hubiese hablado en voz alta, se dio cuenta de que Eloise también lo sentía. Sus pupilas se dilataron de manera casi imperceptible y él sintió satisfacción. Supo que seguía habiendo una conexión especial entre su esposa y él.

Los ojos de Eloise, que solían ser azules claros, se oscurecieron y se volvieron casi tan negros como la noche que los envolvía. Sus pupilas se agrandaron y apretó la mandíbula. Por un instante, Odir pensó incluso que sus corazones debían de latir al mismo ritmo, y se maldijo por haberlo pensado.

—Tenemos que marcharnos —anunció, poniendo fin a aquella locura que, de haber bebido más, habría achacado al alcohol.

Avanzaron hacia las puertas de cristal que vigilaban Malik y otro guardia y volvieron a la fiesta, que seguía muy animada. A Odir le sorprendió que el mundo siguiese girando después de los acontecimientos de las últimas horas.

Se dirigió hacia el ascensor y vio que Eloise lo seguía. En el espejo, parecía desaliñada, como si él y no el viento hubiese pasado las manos por el pelo y por su vestido.

Apretó los puños y se ordenó a sí mismo controlarse mientras el ascensor llegaba a su destino.

En el pasillo, otro guardia los esperaba junto a su habitación y les abrió la puerta. Él fue derecho a servirse otro whisky.

Oyó a Eloise a sus espaldas y se dio cuenta de que era la primera persona a la que le anunciaba la muerte de su padre.

Jarhan había estado con él cuando el médico les había dado la noticia que había puesto en marcha toda la maquinaria. Al ver a su asistente se había dado cuenta, por su mirada, de que también estaba al corriente. Contando además con sus guardias personales, el médico y la enfermera, debían de ser una docena de personas las que lo sabían.

La sensación era extraña. El hombre al que había odiado durante años, el hombre que casi había estropeado los momentos felices de su niñez, cuando su padre todavía no había sido el monstruo en el que se había convertido después de la trágica muerte de su esposa, había desaparecido de aquel mundo. Odir se preguntó si aquello habría sido más fácil si no hubiese tenido recuerdos felices, si solo hubiese podido recordar al Abbas de los últimos años.

—Es normal que llores su pérdida, Odir.

Él dejó escapar una amarga carcajada.

—Gracias por darme permiso, pero ya hace años que lloré su pérdida, cuando dejó de ser padre y marido y se convirtió en un rey viudo.

Atravesó la habitación en dos zancadas para ir hasta el bar e intentar quitarse el sabor amargo del dolor con whisky. Sin pensarlo, puso hielo en dos copas, sirvió una generosa cantidad del líquido ambarino y le dio una a Eloise, que lo aceptó sin dudarlo.

Él la miró, parecía sorprendida.

—¿Te parece que lo que he dicho es una crueldad? ¿Piensas que soy cruel? —le preguntó.

Sentía verdadera curiosidad por la respuesta. Porque, aunque había sido capaz de leerle el pensamiento, con los cambios que Eloise había experimentado en los últimos seis meses ya no estaba tan seguro.

—No. Todo lo contrario —respondió ella en voz muy baja, casi inaudible—. Me parece muy práctico llorar a alguien que ha cambiado su forma de ser de manera irrevocable.

A Odir le sorprendió la contestación. Había imaginado que Eloise intentaría reconfortarlo y prefirió que no lo hiciera. Le agradeció que no intentase convencerlo de que el olor era una parte normal de la vida.

Aquello último era lo que había dicho la enfermera de su padre para intentar consolarlo tras su muerte. Tal vez, pensó entonces, porque quería seguir trabajando en la casa real, para él.

—¿Cómo era tu padre?

La pregunta le hizo volver al presente.

—El padre al que lloraste, no el rey al que has perdido.

Una parte de él no quería recordar, pero, no obstante, buscó en su memoria.

—Reía mucho —le contó, en tono casi sorprendido—. Jamás olvidaré el sonido de su risa, intenso, alegre. Dos palabras que tal vez tú no asociarías al hombre que conociste. Y sonreía, aunque no fuese nunca una sonrisa perfecta. De niño lo había coceado un caballo y le había roto la mandíbula lo que, según mi madre, hizo que estuviese un buen tiempo sin hablar.

Odir se dio cuenta de que él también estaba sonriendo, hasta que recuerdos más recientes taparon los pasados.

—Ese recuerdo es el más duro. Porque si no hubiese conocido a un padre que sonreía, reía y jugaba con su esposa y sus hijos, no habría conocido otra cosa. Vi como un hombre poderoso, bueno y generoso se convertía en un ser amargado, paranoico y destructivo que arruinaba todo lo que tocaba porque había perdido a su amor.

Aquel era el motivo por el que Odir había preferido un matrimonio que no estuviese basado en algo tan peligroso como eran los sentimientos. Porque su padre le había demostrado una y otra vez lo arriesgado que podía ser el amor para un hombre, para un rey. Y aunque él desease a aquella mujer, la mujer que lo había traicionado, había algo de lo que estaba seguro: no permitiría que Eloise despertase en él nada parecido a amor. Y si en el pasado había sentido algo por ella, esto había muerto el día que la había visto con su hermano.

A pesar del silencio de Odir, Eloise supo leer lo que sentía en las facciones de su rostro. Por un momento, se había perdido en sus palabras y se había preguntado por su propio padre. Si era aquel el motivo por el que su madre había continuado a su lado, desesperada por volver a encontrar en él trazas de otro hombre, del hombre del que se había enamorado.

Por un instante, se sintió más cerca que nunca de su madre y no supo explicar el motivo. Entonces pensó en su padre, en sus manipulaciones, en los medicamentos que tomaba su madre para contener sentimientos que no quería sentir. Ella misma no había conseguido nunca que la quisieran tal y como era.

Dejó de pensar en sí misma y volvió a centrarse en Odir.

—No me había dado cuenta de que la situación fuese esa —admitió.

Fue como si sus palabras llegasen a Odir varios segundos después.

—Jarhan y yo hemos estado años trabajando con el consejo para proteger a Farrehed de la paranoia y de las decisiones equivocadas de nuestro padre. O de su falta de decisiones. Durante un tiempo, se encerró y tomaba todas las decisiones desde su habitación.

—¿Fue eso lo que hacías durante los primeros meses de nuestro matrimonio? ¿Por eso estabas tan ocupado?

—Si no me hubiese distraído con nuestro compromiso, con la boda, tal vez mi padre no habría conseguido los apoyos necesarios para realizar otra incursión en territorio de Terhren. Tal vez no habría podido echar por tierra todo el trabajo que Jarhan y yo habíamos hecho para redimir Farrehed a los ojos de nuestros aliados.

Eloise intentó ir más allá de las palabras de Odir y se preguntó si la culpaba a ella de lo ocurrido, si atribuía a su relación lo que el jeque Abbas había hecho.

—Intenté mantener al país unido sin que mi padre pensase que era un usurpador.

Recordó a su padre agarrando un jarrón muy antiguo, regalo del embajador de Egipto, y haciendo que se rompiese en mil pedazos contra el suelo. El gesto había servido para ilustrar la furia de su padre al pensar que su hijo intentaba robarle el trono.

En un acceso de locura, lo había insultado y le había dicho cosas terribles. Y Odir se había dado cuenta de cuál era la triste realidad, que era cierto que quería ver desaparecer a su padre y ocupar su puesto para evitar que este siguiese haciéndole daño a su querido país. El motivo no había sido hacerse con el poder, como su padre había pensado.

—Yo pensé que era porque no me deseabas —dijo Eloise en tono herido.

—¿Que no te deseaba? Siempre te he deseado, Eloise.

Las palabras de Odir la sorprendieron, después de meses de silencio y distancia. Disiparon el miedo de no ser lo que él quería.

—Te deseaba tanto que estuve a punto de darle la espalda a mi país. ¿Sabes cuánto esfuerzo me costó dejarte sola aquella noche? ¡Estuve a punto de no hacerlo!

Eloise parecía sorprendida, pero él continuó hablando, no podía parar.

—Desde que nací, me educaron para proteger mi país. Mi padre me educó para que fuese un líder, y me mandaron a la universidad para aprender de política y economía, para poder ayudar a mejorar a mi país. Todo giraba en torno a la protección del pueblo de Farrehed, tanto, que tenía que protegerlo incluso de mi padre. No obstante, jamás pensé que tendría que protegerlo de mí mismo. Ni luchar contra el deseo que sentía por ti. Justo antes de marcharme a Terhren, lo habría dado todo por quedarme contigo. Y eso era lo que habría hecho mi padre.

Odir estaba tan tenso que casi no podía ni respirar.

—Todo lo que he hecho o dejado de hacer en mi vida, ha sido por Farrehed. No puedo convertirme en el hombre egoísta en el que se convirtió mi padre. Jamás seré ese hombre. Y no cometeré los mismos errores que él.

—¿Y si no fueses jeque? ¿Y si no tuvieses esas obligaciones? ¿Cómo te gustaría ser? ¿Qué querrías?

«A ti», pensó sin darse cuenta.

Recordó a Eloise antes de casarse con ella, bajo

el sol del verano, en los establos, tentándolo con sus bromas y sus sonrisas. Eloise había hecho que volviese la luz a su sombrío palacio. Si era honesto consigo mismo, Odir tenía que admitir que había mantenido las distancias con ella porque la había considerado una amenaza para su corazón.

Tuvo la sensación de que aquellos pensamientos hacían que cambiase algo en el ambiente. De repente, se dio cuenta de que Eloise comprendía por qué la necesitaba. Y ya no era necesario fingir ni chantajearla. Eloise había accedido a estar a su lado.

Pero por encima de aquello estaba el deseo que sentía por ella, la enorme tentación, quería dejarse llevar y olvidarse de todo. Se preguntó qué ocurriría si, por una vez, hacía lo que quería sin pensar en las consecuencias.

Recordó el beso que le había dado unas horas antes, con el que había pretendido castigarla y humillarla, pero solo había conseguido torturarse a sí mismo.

Se sentía desesperado por sentir algo que no fuesen las emociones despertadas por la muerte de su padre, por aquella conversación, por sus dudas con respecto a aquella mujer. Quería sentir algo más: la piel suave de Eloise bajo sus manos, sus labios, su cuerpo. Quizá, si se dejaba llevar, solo una vez, podía aliviar aquel anhelo. Quizá pudiese liberarse de las cadenas del deseo que sentía por ella.

Y, por primera vez desde que había puesto la alianza en el dedo de Eloise, no se le ocurrió ningún motivo para no hacerlo.

Se acercó a ella rápidamente y, antes de que le diese tiempo a reaccionar, enterró los dedos en su pelo y la besó, entrando así en un paraíso en el que no tenía derecho a entrar.

Capítulo 6

2 de agosto, 01.00-02.00 horas, Heron Tower.

Por un instante, solo por un instante, Eloise se sintió completamente desconcertada. Aquel beso no se parecía en nada al primero con el que Odir la había castigado aquella noche. Ni tampoco al beso del día de su boda.

Así era como había soñado que Odir la besase, con aquella pasión y ansiedad.

Él bajó la mano a su espalda y la apretó contra su cuerpo. Eloise notó los músculos de su estómago y la fuerza de su erección, y pensó que aquello no era suficiente.

Quería más.

Y odió a Odir por ello.

Se sintió furiosa con él porque le había negado aquello alejándose de ella. Les había negado a ambos algo que los habría unido como se unían hombres y mujeres desde el principio de los siglos.

Eloise estaba furiosa, furiosa por todas las cosas que la vida había puesto fuera de su alcance. Notó la lengua de Odir en su boca y, de repente, sintió miedo, miedo a no sentirse completamente llena.

Lo agarró de la camisa y se apretó todavía más contra él.

Notó que Odir tomaba aire sin romper el beso y abrió los ojos. Lo vio perdido en el beso, como había estado ella un momento antes. Tenía el rostro encendido, los ojos cerrados, enmarcados por aquellas pestañas que no podían ser más negras, que ocultaban todos sus secretos.

Aquello era demasiado. Eloise quería ver sus ojos, quería saber que la pasión que Odir sentía era tan intensa como la de ella.

Lo apartó para obligarlo a mirarla. Ambos tenían la respiración entrecortada, descontrolada, y era el único sonido que se oía en la oscura habitación. Vio ira en los ojos de Odir, ira y deseo.

Se le había caído la máscara y el dolor y la pasión que tanto tiempo llevaba conteniendo estaban por fin al descubierto. De repente, Eloise se sintió furiosa y, apoyando las manos en su pecho, lo empujó. Lo empujó y lo golpeó una y otra vez.

—¿Has terminado ya? —le preguntó él.

—No, no he hecho más que empezar —respondió.

—Bien.

Le agarró las muñecas con sus fuertes manos y volvió a acercarla a él para besarla de nuevo. La abrazó por la cintura y la levantó del suelo, forzándose a no pensar en cómo habría sido su vida, la de ambos, sin sus padres, sin todas las mentiras.

Estaban solos en la habitación y Eloise le pidió por fin que le diese todo el placer que tanto tiempo había esperado y deseado.

Mientas Odir la acariciaba por encima del vestido,

ella pensó que aquel era su marido y que, al mismo tiempo, era el hombre que había pensado lo peor de ella, pero que tal vez ambos pudiesen olvidarse de todo por un momento y disfrutar de la mejor de sus fantasías, fantasías que la habían mantenido despierta noche tras noche en la cama del palacio.

Tal vez aquella noche pudiese olvidarse de que era virgen, de que era inocente, de que todo su cuerpo temblaba de deseo y miedo. Sabía que Odir no pensaba que fuese tan inocente. Y, por un instante, deseó tener más experiencia y ser una mujer que sabía lo que hacía.

Estaba cansada de estar asustada y de sentirse indefensa. Tal vez, si fingía tener experiencia, Odir se lo creería y ella conseguiría dejarse llevar...

Odir tuvo la sensación de que dejaba salir algo a lo que no podía poner nombre. Sentía que aquel deseo emanaba de él y que se consumía bajo las manos de aquella mujer. Y, no obstante, no era suficiente. Aquel beso no era suficiente.

Había sido capaz de soportar sus golpes y su ira porque se sentía igual que ella, pero no había soportado su mirada. Y por eso la había vuelto a besar, para que dejase de mirarlo así.

Retrocedió sin romper el beso y pasó las manos por sus pechos, que tenían el tamaño perfecto para las palmas de sus manos, como si estuviesen hechos para él y solo para él. Notó cómo se endurecían los pezones y juró entre dientes, porque acariciarla tampoco era suficiente ya.

Recorrió el camino que habían seguido sus manos con los labios y pasó la lengua por el vestido. Apartó la falda y tocó su piel desnuda, más suave que la seda, disfrutando del gemido que retumbaba en la habitación.

Nunca había estado tan excitado, en toda su vida. Tenía que haber sabido que aquella mujer lo afectaba más que cualquier otra en el mundo, pero dejó de pensar cuando Eloise arqueó la espalda y, consciente o inconscientemente, apretó su pecho contra él.

Odir no podía aguantar más.

Apartó la tela del vestido y tomó su pecho con la boca, chupándolo como si estuviese a punto de morir de sed. Eloise gimió de nuevo, con más fuerza e intensidad, como si su cuerpo llamase al de él... como si en realidad no supiese lo que le pedía.

Su piel clara brillaba en la oscuridad de la habitación y Odir quiso ver más, pensó en llevarla al dormitorio, pero le pareció que estaba demasiado lejos.

Así que la empujó hacia atrás mientras volvía a besarla en los labios y no paró hasta que Eloise se apoyó en la mesa de caoba que había delante del ventanal. La sentó en ella y le separó las piernas sin ningún esfuerzo, porque las piernas de Eloise querían separarse solas.

Vio que ella lo agarraba de la camisa y comprobó con satisfacción que le temblaban las manos mientras se la desabrochaba. Por un instante, creyó ver miedo en su rostro, pero se dijo que tenía que estar equivocado y decidió cambiar de táctica.

Quería verla ciega de deseo. Quería que Eloise gritase su nombre antes de que entrase en ella, antes de que él se refugiase entre sus muslos. Quería saber que era el único hombre capaz de volverla loca.

Alargó la mano y apartó todo lo que había en la mesa: la lámpara, los bolígrafos, el papel que había utilizado para el discurso y los documentos para la rueda de prensa del día siguiente. No quería que nada les estorbase.

La tumbó en la mesa y tomó sus pequeños y delicados pies, nunca se había fijado en ellos. Le levantó el vestido hasta los muslos y descubrió una piel tan suave que estuvo a punto de perder el control en aquel mismo instante.

Eloise gimió desde la mesa y estuvo a punto de incorporarse para abrazarlo, pero él apoyó una mano entre sus pechos e hizo que se tumbase.

Pensó que nunca había deseado tanto a una mujer y que quería que ella se sintiese exactamente igual. Para ello, iba a asegurarse de atormentarla de placer.

Levantó la falda del vestido más y vio el tanga de encaje negro que llevaba puesto y que ocultaba la esencia de su feminidad...

Eloise se sintió tan abierta a él, tan expuesta, que casi no pudo respirar. Se sentía vulnerable e increíblemente poderosa al mismo tiempo. Su marido, el hombre más imponente y autoritario que conocía, quería complacerla, la miraba con deseo.

De repente, en aquella habitación a oscuras, en la

que solo se oía el sonido de sus respiraciones acele-
radas y de sus propios gemidos, se dio cuenta de que
Odir le estaba explicando con caricias lo que le iba
a hacer. Le estaba dando tiempo para que se prepa-
rase, porque ya no había nada que lo pudiese frenar.

Aquello fue lo que le dijo su mirada antes de
arrodillarse para besarla en unos muslos que ningún otro hombre había acariciado antes.

Entonces, Odir apartó los labios de las piernas y
los posó en su húmedo vértice. Eloise notó la presión de su lengua a través de la fina tela del tanga y
lo maldijo, levantó las caderas y se apretó contra él,
gritó en contra de su voluntad y supo que Odir estaba sonriendo.

Apoyó las piernas en el borde de la mesa y levantó más las caderas para apretarse contra su beso.

Y él aprovechó para bajarle la ropa interior.
Eloise bajó las manos para quitársela por completo,
pero Odir se lo impidió.

—No —ordenó.

Y con las caderas sujetas por las delicadas tiras
de encaje, Odir volvió a inclinar la cabeza y estuvo
a punto de provocarle un orgasmo con tan solo pasar la lengua una vez. Estuvo a punto, pero se dio
cuenta y paró.

Estaba jugando con ella y, en aquel momento,
Eloise lo amó y lo odio por ello.

Jamás en su vida había probado Odir nada tan
dulce. Sabía que Eloise estaba a punto de llegar al
orgasmo, pero, afortunadamente, no tenía ni idea

de lo excitado que estaba él también. Le acarició los muslos y se los separó más para acariciarla, y notó cómo se estremecía entre sus manos.

Nunca se había sentido tan poderoso. Jamás había visto reaccionar así a otra mujer con sus caricias. Así que no pudo contenerse y volvió a pasar la lengua por su cuerpo. Y tuvo como recompensa lo que llevaba esperando toda la noche.

Eloise gritó su nombre, que retumbó en la habitación, y él repitió la operación para volver a oírlo. Ella no lo decepcionó.

—Por favor —murmuró—. Quiero sentirte. Quiero tenerte dentro.

Odir sonrió y negó con la cabeza. No podía hablar, solo quería que Eloise siguiese rogándole.

Metió un dedo en su interior y la vio levantar las caderas de nuevo para apretarse contra él, levantó el pecho de la mesa también.

Él llevó la mano a sus pechos, metiendo la mano por debajo del escote y apretando con fuerza un pezón...

Con la última caricia con la lengua, Odir la llevó al borde de un abismo que Eloise no había conocido hasta entonces. Sintió que se rompía por dentro en miles de pedazos, completamente superada por un millón de sensaciones que no sabía cómo catalogar. Estaba aturdida de placer, un placer tan intenso que le impedía pensar, que le impedía prepararse y explicarle a Odir...

Este le había quitado el tanga y lo había tirado,

se había desabrochado los pantalones y se los había quitado, junto con la ropa interior. Se había colocado entre sus muslos y había esperado a que su cuerpo terminase de sacudirse después del orgasmo para entrar en ella.

El grito de Eloise fue distinto a todo lo anterior y lo alertó de que algo no iba bien. Entonces se dio cuenta de que había tenido que romper una fina barrera antes de ocupar su cuerpo por completo. Y se dio cuenta también de que ella se había quedado completamente inmóvil a pesar de que todo su cuerpo lo instaba a continuar.

—¿Eloise...?

—Lo siento, lo siento. Se me va a pasar. No te muevas. Todavía no.

Él juró en voz alta, una y otra vez.

Y vio cómo Eloise giraba el rostro para no mirarlo.

—Mírame —le ordenó Odir.

Porque necesitaba verlo en sus ojos. Necesitaba que confirmase sus sospechas.

—*Habibti* —la llamó en tono más suave—. Mírame, por favor.

Y entonces Eloise lo miró y él vio la verdad en sus ojos.

Hizo intención de apartarse, pero ella lo sujetó.

—No... por favor... solo un minuto más —le rogó.

Y en aquel momento Odir le habría dado el mundo entero si Eloise se lo hubiese pedido.

* * *

El dolor se calmó enseguida y Eloise se sintió unida a Odir, sintió que conectaban como jamás habrían podido hacerlo con palabras y promesas.

Movió las caderas y él se movió también. Odir volvió a jurar en voz alta y ella estuvo a punto de sonreír. Nunca había visto a su marido perder el control de aquella manera.

Notó que se movía en su interior, que la penetraba más, pero de manera diferente, sin la impaciencia anterior, sin ansia, casi con cuidado y sinceridad. Y Eloise pensó que no iba a sobrevivir a aquello, sobre todo, después de haber pasado por semejante experiencia.

Se incorporó y Odir se echó hacia atrás mientras levantaba el vestido y se lo quitaba por la cabeza. La abrazó y, por fin, estuvieron piel con piel, pecho con pecho.

Odir la agarró del trasero para apretarla contra él. Eloise lo abrazó por el pecho y se sintió más segura que en toda su vida. Ocurriese lo que ocurriese después, al día siguiente, o el día después, siempre tendrían aquel momento. Nada ni nadie se lo podría arrebatar.

Odir empezó a balancear las caderas y ella se dio cuenta de que el placer volvía a crecer en su interior. Se le entrecortó la respiración y un gemido, de ella o de él, los envolvió.

Cada vez que Odir se movía contra su cuerpo Eloise se sentía más cerca del precipicio, en la cúspide de algo que estaba fuera de su alcance. Aquello reflejaba lo que había sentido unas horas antes, que todo lo que sentía estaba fuera de su alcance, y se preguntó si con aquel hombre lo alcanzaría por fin.

Supo entonces que aquello no tenía nada que ver con el sexo. Que no se trababa de llegar al clímax, sino de conseguir el corazón de Odir, algo que jamás podría tener, y entonces llegó al orgasmo y Odir también. Juntos, a la vez.

Capítulo 7

Odir se había quedado completamente en blanco. Acababa de disfrutar del orgasmo más intenso de toda su vida y no era capaz de pensar con coherencia. Ni siquiera quería hacerlo. Sabía que si lo hacía aquello se terminaría, y todavía no estaba preparado.

Pero se sentía culpable e incómodo, y sabía que tenía que poner espacio, que necesitaba un tiempo que, sencillamente, no tenía, para interiorizar todo lo ocurrido en los últimos minutos.

Su esposa había sido virgen.

Era un hecho ineludible. ¿Cómo era posible que él se hubiese equivocado tanto? Porque se había equivocado, ¿o no? Porque que hubiese sido inocente no significaba que no hubiese incitado a su hermano a comportarse de manera tan imprudente, que no lo hubiese engatusado para que lo traicionase a él.

Pero si se había equivocado... si la había juzgado mal...

La había coaccionado para que fuese allí, le había exigido, sin tener en cuenta su opinión ni sus sentimientos, que retomase sus obligaciones de esposa, que fuese la madre de sus herederos, para él poder ser rey, para que él pudiese asegurar el futuro de su país...

Se sintió fatal. Si había tratado así a su mujer, ¿cómo iba a ocuparse de su país?

Notó que se movía la tierra bajo sus pies y se le hizo un nudo en el estómago. No, lo que se movía no era el suelo, sino su mujer, a la que seguía abrazado como si su vida dependiese de ello.

Se apartó lentamente de ella, muy a su pesar, y puso distancia entre ambos aun sabiendo que lo hacía por cobardía, y que él no era un cobarde.

Eloise miró a su marido, que estaba pensativo y serio, y supo que estaba empezando a dudar de que ella lo hubiese traicionado.

Supo que debía sentirse satisfecha por ello, pero no fue así.

No saboreó la victoria porque lo único que tenía en los labios era el sabor de Odir, un sabor que se volvió amargo al mirarlo a los ojos.

–¿Por qué no me lo dijiste? ¿Me puedes explicar cómo fue el beso que vi con Jarhan? –inquirió, retrocediendo y poniéndose los pantalones.

Y Eloise dejó de sentirse eufórica, notó una presión en el pecho.

–¿No has hablado con tu hermano del tema?

–No. Acordamos no hablar jamás de aquella noche, ni volver a mencionar tu nombre, para poder seguir llevándonos bien.

—Pues es una pena —replicó Eloise, enfadada de nuevo—. Porque yo no te lo puedo contar.

Se sentó en la mesa y vio cómo Odir iba y venía por la habitación.

—¿Cómo es eso?

—Porque no es mi secreto, Odir —respondió ella.

—¿Qué quieres decir?

—No tengo la costumbre de repetir las cosas varias veces.

—No me lo puedo creer. Aunque no te acostaste con Jarhan, sigues siéndole más leal a él que a tu marido.

—Jarhan se ganó mi lealtad. Pasó tiempo conmigo, vino a verme, a hablar conmigo. Fue la única persona en palacio que se preocupó por mí. Tu padre se encerró en su habitación y el personal de palacio estaba...

—Conmigo —terminó él.

—Jarhan también necesitaba hablar con alguien. Juntos, trabajamos en el programa de sensibilización del que tú has hablado esta noche como si fuese tuyo. Mi padre y mi madre se marcharon de Farrehed justo después de la boda, igual que tú. Jarhan fue mi única compañía.

—Esto no nos está llevando a ninguna parte. Ya te he explicado el motivo por el que esos dos meses fueron tan complicados.

—Sí, me lo has explicado hoy. Me has hablado más que en todo el tiempo que llevamos casados. ¿No te resulta extraño? ¿Necesitas que te pida el divorcio y que fallezca tu padre para acercarte a mí?

—Ya sabías lo que se esperaba de nosotros cuando te casaste conmigo.

—¿Piensas que tuve elección? ¿Que podía negarme a las exigencias de mi padre? ¿Piensas que me casé con un príncipe por ambición?

—¿Cómo que no tuviste elección? Por si no te has dado cuenta, Eloise, vivimos en el siglo XXI. Las mujeres han luchado mucho para que puedas tener elección. Así que, salvo que quieras que nos pasemos aquí toda la noche, hazme el favor de hablar con claridad.

Odir estaba furioso, pero no solo con Eloise, sino también consigo mismo porque había algo que se le escapaba. ¿Por qué le había dicho esta que hablase con su hermano? ¿Por qué no podía darle ella toda la información?

—Lo único que me ofreces son secretos o silencio —añadió.

—¡Y lo único que tú me has dado a mí ha sido soledad! —replicó ella.

—Bueno, *habibti*, te prometo que no vas a pasar el resto de nuestro matrimonio sola. Un rey necesita herederos y acabamos de demostrar que en esa área somos muy compatibles —le contestó Odir—, así que no pienso que vaya a ser un sacrificio para ti.

Se sintió mal por obligarla a permanecer a su lado en contra de su voluntad.

—Pediré que te suban algo de comida, no te he visto comer nada en toda la velada —le dijo.

—¿Piensas que voy a poder comer en un momento así, Odir? Además, son las dos de la madrugada, no puedes pedir que te traigan comida a estas horas.

—Soy rey, Eloise. Puedo hacer todo lo que quiera.

—Sí, y en estos momentos estás comportándote como otro rey al que conocí.

—Date una ducha, Eloise. Pediré que traigan algo de comer.

Y, dicho aquello, desapareció de la habitación.

Eloise atravesó la habitación con piernas temblorosas, descalza, con los pies enterrándose en la mullida y suave moqueta que no se parecía en nada al suelo de madera de su piso de Zúrich. Fue al dormitorio sin admirar las vistas panorámicas de Londres porque estas le recordarían siempre a su marido, apostado frente a la ventana como si el mundo le perteneciese, y clavó la vista en la cama, donde había pensado que lo haría la primera vez con Odir, y se preguntó si algo tan mundano le ocurriría en alguna ocasión.

Entró en un baño más grande que su dormitorio, con paredes de mármol, y abrió la ducha, retrocedió, se quitó el vestido de seda negro y se quedó inmóvil un instante, bajo la brillante luz del techo, que sintió que iluminaba la oscuridad de su alma.

Suspiró al meterse bajo la cascada de agua caliente y se olvidó de todo lo ocurrido en las últimas horas, solo pudo pensar en cómo la había acariciado su marido, consciente de que no había vuelta atrás.

Podía acompañarlo o no, pero los acontecimientos de aquella noche la habían cambiado de manera irrevocable.

Y se quedó bajo el agua disfrutando de la sensación porque... sentía algo. Por primera vez en años, incluso desde antes de su matrimonio, sentía algo. Del mismo modo que había tenido la sensación de que el desierto le había dado la vida, Odir había hecho que conociese otra versión de sí misma, poderosa y atractiva. Había sido increíble y todo su cuerpo seguía vibrando después de haber compartido con él semejante placer.

Se sentía más fuerte y se preguntó si podría, junto a Odir, formar una pareja estable, de verdad.

Se permitió imaginarlo por un momento, pero pensó que seguía habiendo cosas que Odir jamás comprendería, como la influencia de su padre en su madre y toda la verdad que nadie había querido ver jamás acerca del embajador británico.

Odir exhaló un suspiro que no se había dado cuenta de que estaba conteniendo. Después de pedir la comida y colgar el teléfono, se había quedado escuchando el ruido del agua de la ducha que se estaba dando su esposa.

Su esposa. Una mujer que, en su mente, aparecía en distintas versiones: la joven e inocente chica inglesa, delicada y frágil; la recién casada traicionera que se había acostado con su hermano; la mujer increíble que había cobrado vida entre sus brazos. Tantas fachadas distintas. Y esa noche las había roto todas y ya no había vuelta atrás.

Eloise había sido virgen, pero todavía le guardaba secretos. Secretos... acerca de su hermano.

¿Qué secreto podía tener su hermano, que prefería que él pensase que se había acostado con su esposa antes de contárselo? Necesitaba saberlo.

Fue hasta la habitación, la atravesó y entró en el baño. Se maravilló de que Eloise no lo hubiese oído entrar, pero se dio cuenta de que el sonido del agua había tapado sus pasos. Al verla se le olvidó el enfado.

Estaba bajo la cascada de agua y su piel clara casi se fundía con el mármol blanco de la pared, pensó que solo hora y media antes sus manos y sus labios habían acariciado aquella piel. Volvió a desearla.

Tenía que ponerle fin a aquello. No podía volverse loco de deseo por Eloise.

—Si no me cuentas qué pasa con mi hermano, lo llamaré y lo haré venir aquí.

Ella gritó sorprendida y se giró con tanta rapidez que estuvo a punto de caerse al resbalar sobre las baldosas mojadas.

Odir juró y tomó una toalla, cerró el grifo sin importarle haberse mojado la camisa intentando evitar no tocarla a ella.

—Cúbrete. Te aseguro que si no me dices qué ocurre, haré que Jarhan venga inmediatamente, estés vestida o no —le advirtió, tirándole la toalla—. Tienes dos minutos, Eloise. Dos minutos.

Y salió del baño con paso decidido.

Eloise miró su vestido de seda negro, tirado en el suelo, y pensó que prefería volver a ponérselo a envolverse en la gruesa toalla que solo le tapaba hasta los muslos.

Su piel, caliente por la ducha, se había quedado helada con la exigencia de Odir, pero no podía permitir que este la intimidase. Se enfrentaría a él.

Le costó recuperar la compostura al darse cuenta de que no encontraba su ropa interior y se ruborizó al recordar cómo se la había quitado su marido antes de complacerla con la lengua.

Sintió deseo y supo que solo podría saciarlo con él. Enterrado en su cuerpo hasta hacer que no sintiese nada más, nada más que a él en su interior, rodeándola con su cuerpo.

—Estoy esperando.

Su voz le aplacó el deseo.

Dejó caer la toalla y se puso el vestido, que todavía estaba caliente del vaho de la ducha.

Sabía que Odir no pararía hasta saber la verdad de lo ocurrido aquella noche, pero ¿cómo se la iba a contar? ¿Cómo podía confiar en que no fuese después a ver a Jarhan para hablarle de su mayor miedo? Su marido ya le había demostrado que lo que más le importaba en el mundo era la seguridad de su país. ¿Antepondría Farrehed a su propio hermano?

Salió al salón y miró a su alrededor, la luz estaba encendida por primera vez aquella noche. La palabra lujo no era suficiente para describir todo lo que veía.

Vio la montaña de comida que habían llevado en su ausencia y se echó a reír. No pudo evitarlo.

—¿Qué es lo que te resulta tan gracioso? —inquirió Odir, levantando la vista del montón de papeles que estaba leyendo.

—Hay langosta —respondió ella.

—¿Y?

—Que soy alérgica al marisco. Me vas a matar antes de que me dé tiempo a concebir a esos herederos que tanto anhelas.

—Si te quisiera muerta, Eloise, ya lo estarías —respondió él, hablando como un niño insolente más que como un futuro rey.

—Seguro que sí —replicó ella en el mismo tono—. Solías amenazar a todo el mundo en palacio cuando alguien te miraba como si fuese a negarse a complacerte.

—Yo no he pedido la langosta, solo he pedido que trajeran comida. Tengo miles de cosas más de las que preocuparme.

—¿Aparte de mí?

—Sí, Eloise. Tengo que organizar un funeral, tengo que salvar un país, y dar una rueda de prensa con un documento que está tan mal escrito que me duelen los ojos de mirarlo. Me temo que tus necesidades alimenticias no son una prioridad.

—¿Qué le pasa al documento?

—Tu has sido la primera persona a la que le he contado que mi padre ha fallecido. En menos de seis horas, se supone que tengo que dar una rueda de prensa para anunciárselo al mundo. Y esto —dijo, levantando los papeles que tenía en la mano—, lo habría escrito mejor mi primo de cinco años.

A Eloise le sorprendió que, más que enfado, había impotencia en la voz de Odir.

–¿Dónde está Anders? ¿No es él quién te prepara esas cosas?

–La esposa de Anders ha decidido ponerse de parto hoy. Y yo no podía pedirle que se quedase conmigo para preparar el documento.

–No creo que lo haya hecho a propósito.

–No le caigo nada bien.

–¿No me digas?

–¿Qué significa ese comentario?

–Bueno, que dado que Anders te acompañó en todas las visitas diplomáticas que hiciste en los dos meses que estuve yo en palacio, lo que me sorprende es que su mujer se haya quedado embarazada.

Odir respondió con un gruñido.

–¿Quieres que le eche un vistazo yo? –le preguntó ella, ofreciéndole una tregua.

A pesar de todo lo ocurrido y pendiente de ocurrir, seguía siendo su marido. Por mucho que hubiesen sufrido los dos, también habían compartido muchas cosas. Y Eloise entendía que aquello fuese difícil para Odir.

–¿No te importa? Los informes que hacías para la fundación siempre estaban muy bien redactados y se te daba bien...

–Vaya, ¡eso debe de haberte dolido!

–¿El qué? ¿Hacerte un cumplido?

Eloise sonrió y le tendió la mano mientras se sentaba en uno de los sillones, todo lo lejos que pudo de la langosta.

Leyó rápidamente el discurso que le habían preparado a Odir mientras él llamaba para que se llevasen de allí la comida.

–¿Tienes hambre? Supongo que alguien podría traernos una pizza.

–Por supuesto que alguien podría traernos una pizza, pero no te preocupes, estoy bien. Dame un minuto y terminaré de leer esto.

Odir observó a Eloise, con las largas piernas colgando sobre el brazo del sillón, con un bolígrafo que costaba una fortuna entre los dientes. De vez en cuando lo utilizaba para hacer alguna anotación en el papel, y después lo volvía a morder.

Él tuvo la sensación de que aquella escena le resultaba cómoda. No se sentía invadido, sino... bien. Le gustaba que alguien pudiese darle una segunda opinión. Y podía confiar en Eloise para ello, le diría lo que pensaba, lo había hecho desde que había llegado. Hasta que habían empezado a hablar de Jarhan.

–Ya sabía que eras alérgica al marisco. En realidad, no me había fijado en lo que habían traído.

No supo qué le había llevado a hacer un comentario tan insustancial. Solo había querido que Eloise lo mirara.

–Como ya has dicho, si hubieses querido borrarme del mapa... Ya está. He terminado.

–¿Ya?

–No estaba tan mal, Odir. Solo había algunas frases que sobraban en el medio, y algunas repeticiones. Quien lo haya escrito...

Vio que Odir entrecerraba los ojos ligeramente.

–¿Lo has escrito tú? –le preguntó ella, arqueando una ceja.

–No. No me digas nada más. He sido yo el primero que ha admitido que podía mejorarse.

–Si solo he dicho que no estaba tan mal.

Le brillaron los ojos y a Odir le gustó ver aquel brillo, pero seguía queriendo que le contase qué ocurría con Jarhan. Ella se dio cuenta de que no lo iba a dejar pasar y el brillo se apagó.

–Necesito saberlo.

–No puedo obligarlo a contártelo, Odir. Se moriría... –añadió en un susurro, apoyando los papeles en la mesa.

–No seas tan dramática, Eloise. Si él no me lo puede contar, tendrás que hacerlo tú. Venga, cuéntamelo.

–Si te lo cuento, tienes que prometerme que me vas a escuchar hasta el final.

Odir estuvo a punto de contestarle que no, pero vio determinación en la mirada de Eloise. De repente, su actitud era más regia que nunca y él supo qué tipo de reina sería.

Vio que quería proteger a su hermano, como una leona protegiendo a sus crías, y pensó que a él nunca lo habían protegido de aquella manera.

Sintió celos, pero se limitó a asentir.

–Quiero oírlo de tus labios, Odir. Prométemelo o no te contaré nada.

Él contuvo la frustración y el deseo y respondió entre dientes:

–Te lo juro. No hablaré hasta que hayas terminado.

–Aquella noche, se suponía que no ibas a estar allí, tenías que estar en Kalaran.

Eso lo recordaba. Una tormenta de arena había impedido que tomasen la única carretera que llevaba hasta la frontera.

–No sabíamos que habías tenido que volver, solo que te habías marchado. Después de la cena, Jarhan empezó a beber.

Odir frunció el ceño.

–Jarhan no bebía por aquel entonces.

–Pero lo hizo esa noche. El motivo de tu visita a Kalaran era confirmar los planes de tu padre de casar a Jarhan con una de las hermanas del príncipe Imin...

–Planes que tuve que anular cuando lo sorprendí besándote a ti.

Eloise lo miró con desaprobación y a Odir le encantó así. No era fácil hacerlo callar, pero Eloise lo conseguía con tan solo una mirada.

–Sí, es cierto –replicó, como si aquello lo explicase todo–. Estaba borracho porque no sabía qué hacer. No podía aceptar el matrimonio que le estabais organizando.

–¡Pero si todavía no había ningún matrimonio! Ni siquiera sabíamos qué hermana de Imin sería más adecuada para Jarhan. ¿Por qué iba a negarse a un matrimonio cuyos detalles ni siquiera conocía?

–Porque... a él le daba igual qué hermana escogieras –le contestó ella en tono suave.

–¿Porque ya estaba enamorado de ti? –le preguntó Odir, odiándose por tener miedo a escuchar la respuesta.

–No, porque le hubiese dado igual qué mujer escogieras –añadió ella.

Odir puso gesto de sorpresa.

–¿Mi hermano es gay?

Su esposa asintió.

Él necesitó un minuto. En realidad, necesitaba una semana, un mes... toda una vida.

–¿Y por qué no me lo ha dicho?

–No es culpa tuya.

Odir sintió vergüenza y tristeza. No porque su hermano fuese homosexual, en absoluto, sino por lo duro que tenía que haber sido para él. Jarhan no había podido ser él mismo ni intentar conseguir las cosas que quería en la vida. Él sabía lo que era eso. Al menos, lo podía entender.

En realidad, lo único que él siempre había querido había sido el trono y había sentido celos de su hermano, que, como segundo hijo, siempre había tenido más libertad. Aunque en esos momentos entendía que no había tenido ninguna libertad. Porque Farrehed era un país muy tradicional y sabía cómo habría reaccionado su padre de haber sabido que Jarhan era gay. De haber estado vivo, lo habría exiliado.

–¿Por qué no me lo has contado antes? ¿Has pensado que era... un homófobo? ¿Que iba a desterrar a mi propio hermano?

Hubo un silencio antes de que Eloise respondiera, un silencio que fue doloroso para Odir.

–No.

Se sintió aliviado.

–No, no es por eso, pero ambos sabemos que tú

intentabas ser el mejor futuro rey posible para Farrehed, que no querías que nada pusiese en riesgo el
trono.

—Eso no es una excusa, Eloise.

—Pero si has contado al mundo entero que estoy
embarazada cuando todavía era virgen, ¿no lo en-
tiendes? Dime, Odir, en qué momento el fin deja de
justificar los medios.

—En ningún momento, Eloise. ¿Tú sabes lo que
está ocurriendo en mi país? ¿Lo sabes? En las tribus del desierto hay personas que mueren por no
tener una atención sanitaria decente, porque mi padre la retiró pensando que, si eran más débiles, no
atacarían al trono.

Hizo una breve pausa antes de continuar:

—Hay personas en mi país que se mueren de
hambre, padres que venden a sus hijas, maridos que
prostituyen a sus esposas, todo por culpa de mi padre. Hay una enorme diferencia entre ricos y po-
bres, se han vendido los mejores recursos y se ha
aislado al país de sus aliados más cercanos. Mi padre ha ido destruyendo poco a poco la nación, y yo
haré todo lo posible por reconstruirla. ¡Cueste lo
que cueste!

Eloise vio en sus ojos que estaba desesperado y
dispuesto a todo, fuese lo que fuese, para conseguir
lo que quería.

—¿Y eso justifica cualquier acto?

—Sí.

—No permitiré que me utilices a mí ni que utilices a Jarhan para conseguir tus objetivos. Es demasiado sacrificio.

Él se acercó en dos zancadas.

—¿Qué sabes tú de sacrificios? —bramó.

—¿Que qué...? —empezó Eloise, sintiéndose dolida y sola de nuevo.

Casi sin darse cuenta, levantó la mano y le dio una bofetada. El ruido retumbó en la habitación.

—De todo lo que te he dicho esta noche, tal vez esto último sea lo que menos merece semejante reacción.

—¿Eso piensas? ¿Qué sé yo de sacrificios? Me he casado contigo, ¿no?

Capítulo 8

Había dejado de piedra a su marido, el jeque de Farrehed. Aborrecía la violencia y aborrecía cualquier tipo de abuso. Jamás, en su vida, había pegado a nadie. Hasta esa noche.

No contó los patéticos golpes que le había dado en el pecho un rato antes, originados por la frustración, pero lo que acababa de hacer... Lo había hecho porque no había sido capaz de contener la ira. No había soportado que Odir le dijese con desprecio que ella no sabía lo que era hacer un sacrificio.

Salió de la suite al pasillo y atravesó una de las salidas de emergencia, bajó las escaleras de hormigón y no paró hasta llegar hasta el piso en el que había tenido lugar la gala benéfica y el balcón. De repente, se detuvo, sabiendo la imagen que daría a cualquier persona que la viese así.

Se había olvidado de los invitados, de la fiesta que habían dejado atrás unas horas antes. Contuvo la respiración y esperó que todo el mundo se hubiese marchado, aguzó el oído para comprobarlo.

Después de haber contenido la respiración durante unos segundos, respiró por fin al comprobar que solo había silencio, segura de que no quedaba nadie.

Sintió una presencia a sus espaldas y supo que no era su marido. Se giró y vio a Malik entre las sombras, delante de la salida de emergencia que ella acababa de atravesar.

—Por favor, Malik. Necesito...

Él asintió.

Eloise jamás había sabido por qué la había ayudado aquella noche, seis meses atrás, pero lo había hecho. Y volvía a ayudarla.

Le dio las gracias en voz baja y salió al balcón.

La noche estaba más cerrada que la vez anterior. Había menos luces encendidas en la ciudad, que seguía pareciéndole preciosa. Había estado tanto tiempo fuera de Londres que podía volver a verla como si fuese una turista que la descubría por primera vez, como si no hubiese nacido ni se hubiese criado allí.

Pensó en todo el tiempo que había estado yendo de un puesto a otro con su padre, por los Estados árabes, en los países en los que su madre y ella se habían visto obligadas a vivir y a interpretar un papel. Le dolió el corazón al recordar esos años, tantas sonrisas falsas.

A pesar de aquellos viajes, Farrehed le había parecido un lugar exótico y lejano, un reino en el desierto al que había llegado después de haber pasado tres años en Inglaterra, en la universidad, donde, en vez de haberse sentido libre, como le había ocurrido en Zúrich, solo había tenido la sensación de que le otorgaban un aplazamiento. Un respiro de última hora antes de que su padre la dominase por fin.

Fue allí, en el balcón, mientras su mente recorría dos mundos, el pasado y el presente, donde Odir la encontró.

—No puedes seguir huyendo.

Ella dejó escapar una carcajada. Notó que le ponían una manta alrededor de los hombros y disfrutó de su calor, no se había dado cuenta del frío que hacía.

Los guardias de Odir fueron encendiendo los calefactores y a Eloise le molestó que su marido estuviese tan cómodo con la presencia de los otros hombres que estuviese dispuesto a mantener una conversación privada con ellos delante. La conversación que debían haber mantenido antes de que ella se marchase a Suiza y de que él se dedicase a las necesidades de su país.

Antes de casarse.

Oyó que las puertas de cristal se cerraban a sus espaldas y supo que estaban solos.

—Quiero que me expliques qué has querido decir. Con lo del sacrificio.

Ella sonrió.

—No puedo contártelo.

—¿Más secretos? —le preguntó él, pero en aquella ocasión utilizando un tono neutro.

—No, es que, literalmente, no puedo contártelo.

A Odir pareció divertirle la respuesta y Eloise se sintió también más animada.

Se encogió de hombros.

—En el fondo fiduciario que me dejó mi abuelo

hay un acuerdo de confidencialidad –añadió–. Lo puso mi padre el día que yo accedí a casarme contigo. Si lo rompo, todo por lo que he trabajado durante los últimos seis meses quedará en nada.

–Yo soy tu marido. Soy tu rey.

–¿Y estás por encima del bien y del mal? –le preguntó.

–Sí –respondió él con arrogancia, como si fuese evidente–. Y tú también. Como miembros de una casa real tenemos impunidad. Aunque si realmente quieres el divorcio dejarás de formar parte de la familia real...

La estaba provocando, con malicia. Si Eloise no lo hubiese conocido, no se habría dado cuenta de que hablaba en tono de broma.

Y, no obstante, se preguntó si Odir tendría razón. Era posible que, una vez más, ella se hubiese tomado las palabras de su padre al pie de la letra. Quizás su padre hubiese sabido que no iba a cuestionarlo. Si solo hubiese firmado un papel, le habría sido más sencillo ceder, pero también le había hecho una promesa a su madre.

–No me gusta romper las promesas que hago –dijo.

–¿Y la que me hiciste a mí?

–No es tan sencillo, Odir.

Nunca había hablado de su familia. A nadie. Aunque en aquella ocasión no callaba porque tuviese la costumbre de hacerlo, tenía otro motivo.

–¿Cómo sé que no vas a utilizar esto contra mí para obtener lo que quieres? ¿Para obligarme a estar a tu lado?

–¿No es eso un sacrificio? ¿Renunciar a algo por otra persona?

–No se trata de hacer un sacrificio –esgrimió ella–, sino de entregar una parte de mi alma a un hombre que le teme al amor, que quiere evitarlo a toda costa.

–El amor te hace débil, Eloise. ¿Todavía no lo sabes?

–Solo sé que es un sentimiento que tenemos y al que nos aferramos como si de nuestra última esperanza se tratase, pero no sé si tú estás en lo cierto al respecto.

Miró a su marido a través del velo de secretos que se interponía entre ambos, algunos suyos, otros, de él, y a pesar del desacuerdo, tuvo la sensación de que había algo nuevo entre ellos.

Era posible que Odir se confundiese en su manera de asegurarse la sucesión al trono, pero ella era consciente de que era un hombre honesto. Y que, a pesar de todo, amaba a su pueblo y a su país. También quería a su hermano, si no, le habría dado la espalda al pensar que había tenido algo con su esposa, o al descubrir su secreto.

Todas las decisiones que tomaba, las tomaba por amor a su país. Eloise se preguntó cómo sería que la amase a ella, por una vez.

Sin darse cuenta, Eloise había soñado con un cierto tipo de matrimonio.

Siguió soñando con un matrimonio basado en la verdad, la sinceridad y el amor. Y, dividida entre el presente y un futuro imposible, sintió que se le encogía y se le aceleraba el corazón al mismo tiempo.

Su marido, el del presente, no el de sus fantasías, se acercó más, y Eloise supo que si no daba el primer paso, si no intentaba conseguir aquel futuro que veía con el corazón, no ocurriría nada. Jamás tendría el amor y la seguridad que llevaba toda la vida buscando.

No obstante, compartir su mayor secreto implicaba un riesgo. Si su padre se enteraba, no heredaría el fondo ni podría ayudar a Natalia. Y si su marido le daba la espalda, se quedaría sin nada.

Odir estudió a Eloise mientras esta intentaba tomar una decisión y sintió satisfacción al saber que iba a haber otro secreto menos entre ellos, que estaban más cerca de llegar a un acuerdo, más cerca de la rueda de prensa y de conseguir todo lo que había querido al principio del día.

—Entiendo que muchas personas pensarán que he tenido una vida privilegiada, con un padre embajador, viajando por lugares exóticos de todo el mundo, con dinero, seguridad. Supongo que algunos incluso lo considerarían glamuroso. El primer lugar en el que recuerdo haber vivido fue Baréin. Mis recuerdos están llenos de sol y paredes blancas. Tuve una niñera británica que vino con nosotros cuando a mi padre lo destinaron a Omán.

Odir frunció el ceño y se preguntó si el hombre controlador al que él había conocido habría tenido algo con alguna de sus trabajadoras, pero Eloise pareció leerle el pensamiento.

—No, mi padre no sentía debilidad por las niñeras británicas, sino más bien, por los países ricos en petróleo. Estoy segura de que sigue molesto porque nunca ha conseguido trabajar en los Emiratos Árabes Unidos.

Esbozó una sonrisa y Odir se dio cuenta de que Eloise se alegraba de aquello.

–Tiene el temperamento necesario, sabe negociar, tiene seguridad en sí mismo... y sabe ejercer su influencia y su voluntad sobre los demás. Se le da bien eso. Se le da bien procesar información y leer entre líneas. Como dijo un embajador británico en una ocasión, es necesario tener la mente rápida, la cabeza dura, el estómago fuerte, la sonrisa cálida y la mirada fría para trabajar en esos países. A mi padre le sobra todo eso.

–Y tú no pareces admirar esas cualidades.

–¿Cómo voy a admirarlas, si las utiliza contra su propia familia? Está acostumbrado a conseguir siempre lo que quiere, sin que le importe las consecuencias que tiene para los demás.

Eloise nunca había sido una persona egoísta y Odir se dio cuenta de que no debía haber dudado de ella y de sus motivaciones.

–¿Y tu madre? –le preguntó.

–Sí, para mi madre ha sido especialmente duro.

–Fue... es una mujer bella. Según mi padre, se conocieron en la universidad y se enamoraron. Fue una historia parecida a la de la Cenicienta, pero al revés. Mi madre era la más joven de su familia aristocrática y, aunque quien heredará el título será su hermano, mi padre ha conseguido formar parte de la aristocracia británica. No está mal para un chico de Coventry.

Odir la miró con sorpresa y ella continuó:

—Sí, para ser hijo de un funcionario, le ha ido bastante bien.

Su tono de voz era cínico, sin rastro de orgullo en él.

—Creo que mi madre se enamoró locamente de él. Cuando quiere, es un hombre encantador.

—¿Y cuando no quiere?

—Es frío, despiadado y manipulador, un hombre capaz de cualquier cosa con tal de lograr sus objetivos.

Odir se dio cuenta de que, en realidad, nunca había sabido por qué había accedido Eloise a casarse con él. Había estado tan centrado en lo que podía aportarle, en lo bien que le iba a venir estar relacionado con la aristocracia británica, que había dado por hecho que ella estaba de acuerdo.

—Incluso vender a su hija para formar así parte de la realeza y tener acceso a otros negocios cuando su hija estuviese casada con el jeque de Farrehed.

—Podrías haberte negado —comentó Odir.

—En realidad, no. Mi madre no se adaptaba bien al clima de Oriente Medio. Le gustaban las fiestas y reuniones sociales, pero lo cierto es que mi padre la dejaba sola mucho tiempo y como había dejado a sus amigos y familia en Inglaterra, se sentía aburrida y sola.

«Yo también te dejé aburrida y sola», pensó Odir.

—Mi madre, en vez de intentar entretenerse, decidió escapar. Para ello no se refugió en algo tan básico como el alcohol, sino que prefirió las pastillas. Muchas pastillas. Aunque yo en realidad no me enteraba, porque en cada puesto me mandaban a un colegio británico, siempre que era posible, interna.

Hizo una pausa y continuó:

—Creo que no se di cuenta hasta el verano de mis catorce años. Mi padre se pasaba el día fuera, asistiendo a conferencias, y mi madre... La hora de las comidas era la peor. Se dedicaba a remover la comida en el plato. Todavía me estremezco cuando oigo chirriar los cubiertos en platos de porcelana.

Puso gesto de disgusto.

—Intenté encontrar actividades para que las hiciésemos juntas, pero mi madre no estaba en buen estado. Se pasaba casi todo el tiempo en la cama. Yo al principio pensé que estaba enferma, pero cuando estaba eufórica su risa retumbaba en toda la casa, después le daba el bajón y se volvía débil y dependiente, y a mí me daba vergüenza.

Odiaba haber sentido vergüenza de su madre, lo mismo que su padre. Odiaba pensar que se parecía a él.

—Volví al Reino Unido para ir a la universidad y me volqué completamente en mis estudios. Pensé que era una buena estudiante, pero en realidad solo me estaba escondiendo. Trabajando en la clínica de Zúrich aprendí a conocer los efectos psicológicos antes y después de que la adicción se apodere de ti. Empecé a entender por qué mi madre empezó a tomar pastillas, debido a la vida que tenía, a mi padre... Y me pregunté si yo podía haber hecho algo para ayudarla, si me lo hubiesen permitido.

Había impotencia en su voz y a Odir se le encogió el corazón. En su mente, todo empezó a cobrar sentido. Las incómodas cenas en palacio, en las que la madre de Eloise había estado pálida, con gesto cansado, en silencio, y su hija había intentado desesperadamente que nadie se fijase en ella, llenar los silencios y cubrir una herida profunda e infectada por el odio.

—Cuando llegué a Farrehed después de la universidad, me enfrenté a mi padre, le pregunté por qué no había obligado a mamá a buscar ayuda. Me dijo que no se la podía ayudar. Yo lo amenacé con llevármela y entonces él me enseñó los vídeos que había grabado con su cámara. Ni siquiera yo la había visto así, en un estado terrible. Como... como un animal herido, rogándole a mi padre que le diese pastillas, gritando al personal de servicio, gritando ante desprecios imaginarios de extraños.

Imágenes borrosas invadieron la cabeza de Eloise, imágenes captadas para la posteridad por un padre dispuesto a chantajear a su propia hija. Sintió odio y desprecio por él.

—Mi padre amenazó con abandonarla, con ir a la prensa y denunciar públicamente a su esposa drogadicta. Me dijo que le quitaría el dinero con la excusa de evitar que comprase droga, que la dejaría a merced de los servicios sociales.

Eloise suspiró.

—Yo pensé que no lo haría, que no arruinaría su propia reputación para conseguir lo que quería, pero insistió en que aparecería ante los medios de comunicación como el pobre marido que había intentado proteger a su esposa, como un hombre que ya no podía aguantar más. Era muy convincente, la verdad. Yo seguí diciéndole que no. Fui a ver a mi madre y le rogué que dejase a mi padre y viniese conmigo, lejos de todo. Solo faltaban unos años para poder hacerme con el fondo fiduciario. Pero ella no quiso dejarlo. Me rogó que guardase su secreto. Me rogó que me casase contigo.

Aquel día su madre se había puesto completamente histérica. Había llorado y suplicado para que no le quitasen lo que quería más que a sí misma, más que a su hija. Las pastillas.

—Así que accedí, para que mi madre estuviese contenta y para que mi padre consiguiese lo que quería.

Odir lo entendió todo e intentó asimilar toda aquella información acerca de la familia con la que había compartido cenas de Estado y comidas privadas con la suya. Aquello respondía a muchas preguntas que hasta entonces no se había dado cuenta de que se había hecho acerca del extraño comportamiento de su suegra. Al padre de Eloise lo habían mandado a Kuwait después de que ellos se casasen y Odir se dio cuenta de que la última vez que su esposa había visto a sus padres había sido en la boda.

—¿Y querías utilizar el fondo...?

—No para mi madre. No, ella sigue con mi padre. Cuando me marché de Farrehed, me fui a vivir con una amiga de la universidad. Ella siempre había sido muy comprensiva con los problemas que tenía mi madre y, cuando llegué a Suiza, me di cuenta de que era porque también tenía sus propios problemas de adicción. Su familia le había dado la espalda y, sinceramente, estaba en una situación mucho peor que la mía.

Odir asintió para que continuase hablando.

—Quiero ayudarla como quise ayudar a mi madre, pero para hacerlo necesito dinero. En Zúrich hay una clínica estupenda, especializada en adicciones, pero cuando Natalia ingresó el daño ya estaba hecho. Necesita un trasplante de riñón, pero debido a sus adicciones tiene pocas posibilidades. Como pasaba mucho tiempo con ella en la clínica, empecé a conocer a todo el personal, y cuando salió un puesto de secretaria del director financiero solicité el puesto.

Eloise sonrió con tristeza.

—Sí, tu esposa ha estado trabajando de secretaria durante los últimos seis meses —le contó, dejando escapar una risita—, pero mañana, cuando por fin tenga acceso al fondo, podré utilizarlo para ayudar a Natalia. Y para ayudar a la clínica, que si no recibe una inyección de capital, tendrá que cerrar como mucho en un año. No se trató nunca de dinero ni de estatus, Odir... yo solo quería...

—¿Ayudar a tu madre? ¿Ayudar a tu amiga? ¿Después de haber ayudado a mi hermano?

Odir se contuvo para no decir una palabra malsonante.

—¿Por qué no me lo contaste todo? —le preguntó.

Pensó en todo lo que podía haber hecho para ayudar, para ponerle las cosas más fáciles a Eloise.

—Porque tú tenías que gobernar un país.

A Odir le dolió, pero Eloise tenía razón.

—No sabía si te importaría. A pesar de que antes de casarnos ya nos sentíamos cerca, de que estábamos empezando a construir una relación, no sabía si esta sería lo suficientemente fuerte para aguantar toda la verdad. Además, no sabía de qué sería capaz mi padre si se enteraba. Si cumplía su amenaza y me quitaba el fondo, no podría ayudar a nadie. Además, si la verdad salía a la luz yo habría traicionado también a mi madre, a la que había prometido proteger. Sé que suena muy triste, Odir, pero nunca he tenido el amor de mi padre. Sin embargo, perder el de mi madre habría sido...

Sin darse cuenta, Odir había levantando las manos para hacerla callar, para que no continuase con aquello. Porque él sabía mejor que nadie lo que era perder el amor de una madre. Sabía lo que dolía aquello.

Pero perderlo por decisión propia, obligar a alguien a escoger entre un marido y un hijo, entre un secreto y la verdad, ese era otro tipo de dolor. La muerte de su madre había hecho que se quedase sin su amor, pero no había sido ella quien había tomado la decisión.

—Ahora, Odir, confío en que no le contarás esto a nadie y no harás nada, porque eso pondría en peligro a Natalia. Y a mi madre.

Odir no pudo soportar el peso de la mirada de Eloise, expectante y esperanzada. Intentó procesar toda la información y el modo en que esta había cambiado la manera de ver a su esposa, muy distinta a la de los últimos seis meses.

Estaba empezando a verla de otra forma. Ya no pensaba en ella como en una mujer delgada y frágil, sino todo lo contrario, era más dura que el acero. Había soportado sus horribles acusaciones y había sufrido mucho por personas que debían haberla protegido: su padre, su madre... e incluso su marido.

Y a pesar del sufrimiento, no se había rendido. Había hecho lo que tenía que hacer y él la admiraba por ello, la respetaba. No tenía a su alrededor a nadie que fuese así de fuerte.

Eloise le había confiado sus secretos y, de repente, aquella confianza fue como si le hubiesen puesto una pesada losa sobre los hombros.

—Yo podría haberte dado dinero para proteger a tu madre y a tu amiga.

—¿Estás seguro de que hace seis meses me habrías escuchado? Si fuiste capaz de creer que me había acostado con tu hermano, ¿me habrías escuchado hace seis horas, cuando pensabas que era una cazafortunas que solo quería casarme contigo por dinero?

El silencio de Odir habló por sí solo y a Eloise le dolió más de lo que había imaginado. Se giró, incapaz de seguir mirándolo, y casi tropezó con el banco que había junto al calentador que uno de los guardias de Odir había encendido un rato antes.

Estaba convencida de que no podría haberle contado todo aquello a Odir antes. Ambos sabían que había sido imposible. Todo era por culpa de sus respectivos padres.

El de Odir ya estaba muerto, pero el suyo no iba a cambiar jamás. No iba a convertirse de repente en un hombre bueno, dispuesto a sacrificarse por su familia. No iba a convertirse en un hombre cariñoso, dispuesto a ayudar a su esposa, ni a su hija. Solo le importaban el dinero, la reputación y el estatus. Y jamás admitiría que su esposa tenía una adicción.

Sintió que Odir se sentaba a su lado. Allí estaban. Dos personas a las que se lo habían arrebatado todo, no eran un rey y una reina, ni un hijo y una hija. Eran... ellos, los dos solos, con la mirada clavada en la distancia, perdidos en sus pensamientos bajo el cielo oscuro de la noche.

Eloise quería perderse, quería sentir cualquier otra cosa que no fuese lo que sentía. Odiaba hablar del pasado, sacar los sucios secretos que se habían guardado y que habían hecho imposible que tuviesen una relación.

Notó el calor de la piel de Odir en la distancia, su olor, un olor que habría reconocido en cualquier parte. Lo aspiró, mantuvo la respiración y se negó a soltarlo. Quería que la llenase por completo, que le impidiese pensar en lo que le había contado.

Le dolía la cabeza de tanto pensar en cómo podría haber sido aquella noche, en cómo iba a continuar. Y lo deseaba. Necesitaba que Odir la llenase solo de deseo.

El ambiente cambió de repente, a Eloise se le aceleró la respiración e intentó calmarla.

Nunca había deseado tanto a un hombre. Bueno, había deseado a Odir antes de casarse con él, pero, en esos momentos, después de comprobar adónde llevaba aquel deseo... sintió que el pecho le iba a estallar.

—Eloise...

Odir dijo su nombre como si le estuviese haciendo una advertencia, y una promesa.

—Hazme olvidar, Odir. Todavía no es de día, alíviame ahora, por favor.

Odió rogarle y sentirse impotente. Odió sentir miedo a que la rechazase.

Él cambió de postura en el banco y la abrazó contra su pecho. Estaba hechizado por ella. Eloise le había hecho algo, algo que afectaba a todos sus sentidos, que lo sacaba de sus oscuros pensamientos y lo hacía arder de deseo. Estaba excitado y sabía que solo había una manera de aliviarse.

—Algún día, *habibti* —consiguió decirle—. Algún día, te llevaré a una cama de verdad, pero, en estos momentos, no puedo esperar.

La tumbó encima de él, entre sus piernas, y la besó en los hombros desnudos. Pasó la lengua para probarla. Estaba limpia después de la ducha y no se había puesto perfume ni cremas. Odir quiso más.

Pasó ambas manos por sus brazos, le acarició los pechos y notó cómo Eloise se estremecía y se apretaba contra su erección. Levantó las caderas hacia ella y pensó que lo iba a matar.

Se entretuvo en sus pechos, a través del vestido, y dio gracias de que no se hubiese puesto sujetador.

Eloise se retorció entre sus brazos, buscó sus labios, pero él se apartó y se echó a reír. Odir volvió a pensar que parecía una tigresa, poderosa y felina, que se movía con deliciosa sensualidad.

Bajó las manos a sus muslos y notó calor en el vértice, intensificó la caricia allí.

Y entonces se dio cuenta de que no podía más. Necesitaba sentir su piel. Le desabrochó el vestido y dejó sus pechos en libertad, blancos como el mármol, pero calientes.

Los acarició y pensó que se iba a volver loco, tan loco como ella, que arqueó la espalda y apretó los pechos contra él mientras movía las piernas, inquieta, buscando la mejor posición.

Odir le levantó la falda del vestido hasta la cintura, notó cómo sus piernas largas lo apretaban y estuvo a punto de perder la respiración. No llevaba el tanga que él mismo le había quitado antes, estaba desnuda, y él supo que nada impediría que fuese suya.

Metió un dedo entre sus muslos y la oyó gemir. Jugó con ella una y otra vez, excitándola todavía más.

Nunca había visto a una mujer así, tan perdida en el placer que él mismo le estaba dando. Nunca había pensado que complacer a una mujer le gustaría tanto, pero se había equivocado. Aquel era el momento más erótico de su vida. Su esposa, Eloise, era la criatura más sensual que había conocido, y era suya.

Eloise estaba en tensión, al borde del clímax, y la había llevado él. Apartó la mano y sonrió contra su cuello al oírla gemir de nuevo. Le gustó sentir que tenía aquel poder sobre ella, quiso seguir excitándola, quiso que se volviera loca de deseo, que le pidiera más.

Se sintió mal por ello, pero entonces Eloise hizo algo que le hizo darse cuenta, una vez más, de que no debía subestimar jamás a su esposa...

Cuando Odir apartó la mano, Eloise supo que estaba jugando con ella. Y pensó que se lo iba a hacer pagar.

Apretó los dientes para contener la frustración y supo que ella también podía jugar a aquel juego.

Si bien era cierto que había sido virgen solo unas horas antes, aprendía rápidamente y Odir era un buen maestro.

Con la espalda todavía pegada al pecho de él, alargó la mano, se detuvo un instante y se preguntó si sería capaz de tomar las riendas de aquel juego sexual.

Odir se quedó inmóvil y aquello la alentó. Le desabrochó los pantalones y rozó su erección con el dorso de la mano.

Él gimió con fuerza y metió la mano de nuevo entre sus piernas, pero Eloise se la apartó. Le tocaba a ella.

Lo cubrió con toda la mano y disfrutó de la suavidad de su piel, lo apretó con cuidado, pero con seguridad, moviendo la mano arriba y abajo, y se sorprendió a sí misma al sentir que deseaba probarlo, metérselo en la boca.

No obstante, se dijo que dejaría aquello para otra ocasión. Se concentró en darle placer a su marido.

Sonrió al oírlo hablar en árabe, con tanta rapidez que solo pudo comprender que le prometía ocuparse de ella después. Entonces dejó de hablar y tomó su mano para guiarla en las caricias. El placer de Odir era también el suyo y sus corazones latían al mismo compás.

Entonces él la levantó para sentarla encima y la ayudó a guiarlo a su interior. La propia Eloise se sorprendió de lo húmeda que estaba mientras el pene de Odir la llenaba por completo.

La confianza, el anhelo y el deseo los azotaron con más fuerza que cualquier galerna, uniéndolos todavía más. Eloise se inclinó hacia delante, se movió al mismo ritmo que Odir, que alargó una mano para acariciarle los pechos y jugar con sus pezones mientras metía la otra entre sus piernas y la empujaba hacia el abismo del placer.

Eloise no podía contenerse más, pero tampoco quería dejarse llevar.

—Venga —le susurró él al oído—. Te tengo, eres mía, entrégate.

Ella se negó por un instante, no quería confiar en él, pero su cuerpo no escuchaba a su corazón. Y con el último empellón, Odir la lanzó hacia un abismo de estrellas.

Capítulo 9

Fueron las campanadas del Big Ben, en el Parlamento, al otro lado del río, las que despertaron a Odir de aquel aturdimiento para devolverlo a la fría realidad. Contó hasta cuatro y juró en voz alta. Le quedaban otras cuatro horas para la rueda de prensa y pensar en ella hizo que el sabor dulce que había tenido en los labios solo unos segundos antes se volviese amargo.

Se había olvidado de todo durante unos minutos para disfrutar como disfrutaban un hombre y una mujer en un momento de pasión, sin pensar en nada más, pero Eloise y él no eran solo un hombre y una mujer. Eran una reina y un rey. Y lo que habían compartido era el último momento de gozo que él se podía permitir.

Tenía que gobernar un país, era jeque. Y aquella sería su prioridad, no podía ser de otro modo. No obstante, tras los acontecimientos de las últimas horas y las revelaciones acerca de su mujer, se preguntó qué clase de rey iba a ser.

Hasta entonces había estado seguro de que iba a hacerlo mucho mejor que su padre. Se sintió culpable al pensarlo, pero no podía permitir que aquello le afectase. Su padre había fallecido y él estaba solo.

Había sido un hermano horrible, un marido horrible que no había sido capaz de apoyar y proteger a su esposa.

Y hablando de proteger a Eloise...

Era la segunda vez aquella noche que no había utilizado protección, podía haberla dejado embarazada.

Se imaginó a un bebé con su piel morena y los ojos claros de ella. Y al deseo y la necesidad de ser mejor que su padre, se unió el de criar a un hijo de manera diferente a la que le habían criado a él.

Volvió a sentirse triste y culpable. Hacía mucho tiempo que había perdido al padre que lo había querido, a su madre, y él mismo se había hecho realmente hombre al darse cuenta de que su padre había sido débil, humano.

No quería que su hijo sintiese jamás aquella decepción, aunque estaba seguro de que ocurriría. Odir no era tan arrogante como para pensar que era perfecto, pero, no obstante...

Su padre había decidido regodearse en su dolor y en sus penas. Había convertido el amor que había sentido por su esposa e hijos en algo amargo y nocivo. Y Odir sabía que su país no sobreviviría si volvía a pasar por ahí. Él jamás amenazaría así a su pueblo. Aunque en el fondo sabía que, más que proteger a su pueblo, quería protegerse a sí mismo.

Y con aquello en mente volvió a levantar muros

para proteger su corazón, poco a poco, segundo a segundo, hasta que borró todo lo que Eloise había despertado en él durante las últimas horas. Ocurriese lo que ocurriese después de aquella noche, en las siguientes semanas y meses, él se aseguraría de que lo que sentía por Eloise no pondría en riesgo a su país... ni a su corazón.

Pero antes de poder hablar con Eloise del futuro, tenía algo más que decir sobre el pasado, algo que necesitaba sacar.

—Eloise, lo siento mucho. Siento lo que te he dicho esta noche. Y siento haber pensado mal de ti.

—En realidad, nunca tuvimos una oportunidad, ¿verdad? —respondió ella, sonriendo con tristeza, ofreciéndole su comprensión.

—Ahora la tenemos. Podemos intentarlo. Yo te apoyaré para que tú puedas ayudar a Natalia. Y haré todo lo posible por ayudar a tu madre también.

Todavía tumbada encima de él, Eloise notó la respiración de Odir en su cuello y escuchó las palabras que este le susurraba. Su disculpa le alivió el dolor del pasado, era sincera. Y, por primera vez en su vida, Eloise supo que tenía a alguien con quien compartir aquella carga. Con quien compartir el miedo y el peso de la responsabilidad con la que durante tanto tiempo había cargado ella sola.

—Pero, Eloise, no podré darte nada más.

Odir guardó silencio, como para permitir que ella procesase sus palabras.

—No puedo darte amor. Tenías razón, sé amar,

puedo hacerlo y lo he hecho antes, pero ahora mi amor es para mi pueblo, no queda nada para ti.

A Eloise le dolió oír aquello. Le dolió mucho más de lo que había imaginado. Se le hizo un nudo en el estómago y deseó hacerse un ovillo y abrazarse con fuerza.

Allí, todavía entre los brazos de Odir, sintió que una parte de su pasado se rompía y desaparecía en la noche. Y se dio cuenta de que, durante los últimos seis meses, intentando ayudar a su amiga, había disfrutado de la libertad que siempre había anhelado.

Podía marcharse y dejar a Odir, aunque este le contase a su padre todo lo que sabía, cosa que Eloise dudaba que fuese capaz de hacer. Podía marcharse, pero ¿qué sería de Farrehed? ¿Y qué sería de Odir?

Cuando había accedido a casarse con él, tal y como su padre le había pedido que hiciera, había tenido la esperanza de que Odir la rescatase, pero al ver que no lo hacía, había querido huir. Había protegido a su amiga y había vivido una mentira durante seis meses.

Si echaba la vista atrás, se daba cuenta de que en realidad solo había pensado en ella misma. No había pensado en el hombre con el que se había casado. No había pensado en el pueblo de Farrehed, su pueblo.

Si quería, si se olvidaba de su propio corazón roto y era responsable, podía asegurar el futuro de todas las personas que le importaban. ¿Cómo iba a anteponer sus deseos a las necesidades de los demás?

Intentó no escuchar a la voz infantil que, todavía en su interior, lloraba y pedía que la quisieran.

Confundida y dolida, desesperada por creer que algún día todo iría bien, Eloise luchó contra ella misma. Sabía que podía ser fuerte. Había empezado de cero en un país nuevo, con una nueva identidad, pero siempre había sentido que le faltaba algo. Y en esos momentos se daba cuenta de que le había faltado su marido.

Si decidía volver con él con la esperanza de que algún día la amase como amaba a su pueblo, jamás se lo podría perdonar. Porque, por débil que fuese, jamás sería como su madre. Pero si decidía volver con Odir simplemente para proteger a su amiga, con la esperanza de, algún día, poder proteger a su madre y a su pueblo también...

—Eloise...

—Lo comprendo —lo interrumpió.

—¿Aceptas ser mi esposa? ¿Ser la reina de mi país y la madre de mis hijos?

Ella respiró hondo, apretó los pies contra el suelo de madera y tomó fuerzas de él para poder exhalar las palabras que Odir tanto deseaba oír.

—Sí, acepto.

Por primera vez en lo que le había parecido una eternidad, Odir se sintió victorioso. La sensación no se parecía en nada al placer que había corrido por sus venas al hacer el amor con Eloise, pero no era menos importante.

Se dijo que había imaginado ver la misma mirada en los ojos de Eloise que cuando la había dejado sola la noche de bodas. Intentó no sentirse culpable y decidió concentrarse en lo que vendría después.

Tenían que ir a la embajada para la rueda de prensa. Después, se convertiría en el poderoso gobernante que su país necesitaba. No tenían mucho tiempo.

Se puso en pie delante del banco y le tendió la mano a Eloise, que tenía la piel fría. La ayudó a levantarse y dejaron atrás el balcón, el pasado, y todas las palabras y besos que habían intercambiado.

Odir volvió a mirarse el reloj mientras caminaban en silencio por el pasillo, hasta el ascensor que los conduciría a su suite. Malik estaba inmóvil entre las sombras, observándolos. Odir sintió que los censuraba con la mirada.

—Pide que la limusina nos recoja abajo dentro de veinte minutos —le dijo.

Malik asintió en silencio. En el ascensor, su mujer esperó con la cabeza agachada y él se contuvo para no levantarle la barbilla y clavar la vista en la profundidad celeste de sus ojos, a través de los cuales podía leerle el pensamiento. Odir sabía que había otro secreto, otro secreto que él prefería no conocer.

Entraron en la suite y Eloise se detuvo de golpe.

—¿Qué ocurre?

—Las maletas. Están hechas.

—Por supuesto.

—¿Sabías que accedería?

Parecía dolida.

–Sí –admitió Odir.

No podía negarlo. Aquella noche no podía haber terminado de ninguna otra manera.

La vio recorrer la habitación con la mirada, donde todos los restos de su actividad sexual habían sido eliminados. Eloise se ruborizó y él vio cómo se daba cuenta de que un desconocido había devuelto la habitación a su estado original.

–¿Cuándo podré ver a Natalia? Tengo cosas pendientes en Zúrich.

La pregunta lo sorprendió, no le gustó.

–Pronto. Me ocuparé de que trasladen a Natalia a Farrehed para que pueda recibir el mejor tratamiento médico posible.

La vio fruncir el ceño.

–*Habibti?*

–Natalia necesita un trasplante de riñón. Y no estoy segura de que alejarla de posibles compatibilidades sea lo mejor en estos momentos... Supongo que no vas a dejarme viajar a Suiza antes de que vaya a Farrehed.

–Te necesito, Eloise.

El timbre de su voz la estremeció, la hizo temblar de esperanza, hasta que Odir terminó la frase.

–Necesito que estés a mi lado el mayor tiempo posible, sobre todo, durante estos primeros meses.

–En ese caso, Natalia tendrá que quedarse en Suiza hasta que le hagan el trasplante. Odir, quiero que sepas que, cuando eso ocurra, yo estaré a su lado.

Había determinación en su mirada y en su voz, y él asintió.

—¿Al margen del compromiso político o real que eso pueda interrumpir?

—Sea cual sea el momento, Eloise. Entiendo que tu amiga sea tan importante para ti.

Aunque no lo suficientemente como para que Odir le permitiese ir a despedirse de ella, pensó Eloise con tristeza.

Pero Natalia lo entendería. En Zúrich, había hablado con ella de Odir, y Natalia había pasado dos meses insistiendo en que hablase con él.

En ese momento, Eloise volvió a preguntarse cómo era posible que, a pesar de cómo la habían tratado a Natalia su prometido y su familia, esta hubiese seguido mostrándose optimista.

—Voy a darme una ducha —le dijo Odir, interrumpiendo sus pensamientos—. ¿Necesitas preparar algo para la vuelta a Farrehed?

—Le dije a mi jefe que estaría fuera durante una semana, lo llamaré para contarle el cambio de planes. Y también debería llamar a mi madre, aunque no vea la rueda de prensa, no tardará en enterarse de la noticia.

Él se limitó a asentir antes de dirigirse hacia el dormitorio.

Debían de ser alrededor de las siete de la mañana en Kuwait, así que, con un poco de suerte, no despertaría a su madre. Eloise marcó el número de casa de sus padres, sabiendo que su padre no respondería al teléfono. Dormían en habitaciones separadas y Eloise supo que podía estar tranquila, ya

que su padre no oiría la conversación. Solo esperaba que su madre estuviese lo suficientemente lú-
cida para escucharla...

Los tonos del teléfono sonaron demasiado altos
en su cabeza.

—¿Dígame?

Su madre no parecía estar dormida ni drogada, y
a Eloise se le encogió el corazón al pensar que podía haber estado esperando su llamada.

—Hola, mamá —respondió ella.

—Ah, eres tú. Tu padre... David está como loco,
contándole a todo el mundo que va a tener un nieto
en el seno de una familia real.

Por un instante, Eloise se sintió confundida. Y
entonces recordó lo ocurrido en las últimas horas,
le parecía increíble que la noticia se hubiese difun-
dido tan deprisa.

—Mamá, no...

—Está tan contento, Eloise. No sabes cuánto te lo
agradezco.

Ella sintió náuseas al ver a su madre tan feliz
con la mentira de Odir. Intentó contener la ira que
le causaba que su madre siguiese dependiendo
tanto de su padre.

Por primera vez en toda la noche, comprendió a
Odir, que pensaba que el amor era una debilidad,
que era destructivo y doloroso.

—Se lo he contado todo a Odir.

Su madre guardó silencio.

—No pasa nada, mamá. Me ha prometido no contárselo a nadie. Yo sé que te prometí que tampoco
lo contaría, pero no puedo tener secretos con mi

marido... Era una promesa que no podía cumplir, mamá.

Siguió reinando el silencio al otro lado de la línea. Eloise contuvo la respiración, se dio cuenta de que ya no podía predecir las reacciones de su madre. No sabía si se iba enfadar o se iba a derrumbar.

—Podrías venir conmigo, mamá —añadió.

No le había preguntado a Odir, pero sabía que este se lo permitiría, y la ayudaría si necesitaba su ayuda. Volvió a tener la esperanza de que su madre la escogiese a ella en esa ocasión, por delante de la droga y de su marido.

—Podrías dejarlo y...

—No. Es mi vida, Eloise. Sé lo que hago. Tengo que estar con David. Me necesita. Si fuese a Farrehed todo sería distinto. No sabría por dónde empezar. No sabría cómo...

No sabría cómo ser la madre que ella necesitaba, pensó Eloise. Su madre no sabía cómo hacerlo ni tenía fuerzas para intentarlo. La adicción de Angelina Harris era demasiado fuerte como para escoger un camino complicado: irse con su hija y abandonar a su marido.

—Me están ayudando. Aquí. Lo estoy haciendo, Eloise, pero necesito estar aquí.

«Sin ti», pensó Eloise.

No era la primera vez que tenía la esperanza de que su madre le estuviese contando la verdad, pero en esa ocasión vio sus palabras de un modo diferente. Su madre también estaba haciendo un sacrificio y no podía hacer más. No quería que Eloise se responsabilizase de ella.

—Espero que vengas algún día a verme, mamá, pero no quiero que David ponga un solo pie en Farrehed.

Hubo otro silencio, de ambas.

—Lo comprendo —le dijo por fin su madre.

Se despidieron y Eloise se preguntó cuándo volvería a ver a su madre, si es que volvía a verla.

Levantó la vista y vio a Odir en la puerta de la habitación.

—¿Cuánto has oído? —le preguntó ella.

—Lo suficiente.

—Espero no haberme excedido... con respecto a mi padre.

—Si no lo hubieses dicho tú, *habibti*, lo habría hecho yo —le respondió él.

A Eloise le gustó oír aquello a pesar de que seguía sintiéndose dolida. Esbozó una sonrisa triste y fue hacia el baño.

Diez minutos después estaba duchada y vestida, se había retocado el maquillaje y se había peinado lo mejor posible. Todo, mientras intentaba no pensar en cómo tenía el corazón.

Salió del cuarto de baño y vio a Odir esperándola.

—La limusina ya está en la puerta.

Odir le tendió la mano y ella supo que debía tomarla. Era el momento de aceptar sus responsabilidades, como había hecho Odir.

Tal vez, al fin y al cabo, no fuesen tan diferentes.

Capítulo 10

Eloise miró por la ventanilla tintada de la limusina, que avanzaba por las calles desiertas. Hacía mucho tiempo que no había estado en Londres, desde que había celebrado con Natalia que habían terminado la universidad. Por aquel entonces, la ciudad había estado llena de juerguistas borrachos que salían de las discotecas, pero en esos momentos solo se veían barrenderos.

Londres no tenía nada que ver con Farrehed. Las losas de piedra negra de Fleet Street eran muy distintas de las calles de arenisca clara de Hathren, la principal ciudad de Farrehed. Tampoco se parecían a las de Zúrich, más limpias y estructuradas.

Eloise se sintió nostálgica. Tuvo ganas de volver a casa. No supo si el motivo era que tenía al lado a su silencioso marido. Estaba muy cansada. Ambos lo estaban.

El silencio llenaba todo el espacio vacío en la limusina, y su corazón.

* * *

Odir observó a Eloise, que parecía una niña descubriendo una ciudad nueva, con el rostro pegado al cristal. Había algo diferente en ella. Aquella noche no había sido la mujer con la que él se había casado. ¿Cómo había podido pensar que parecía hecha de porcelana?

Había llegado a Heron Tower llena de energía y determinación, con el rostro sonrosado. En esos momentos... parecía estar en otro lugar. Su palidez no se asemejaba a la del mármol blanco que ocupaba las paredes del palacio en Farrehed, el tacto de su piel, tampoco.

Odir tenía la sensación de que Eloise se había guardado algo, le había ocultado algo, y eso no le gustaba. Odiaba el silencio, y en esos momentos le hizo pensar en el sudario que había caído sobre el palacio tras la muerte de su madre. Como si la vida y la energía del país se hubiesen apagado con ella.

—La rueda de prensa tendrá lugar a las ocho de la mañana —le dijo a Eloise, aunque esta ya lo sabía.

Odir solo había querido romper el silencio.

Ella asintió.

—Después viajaremos a Farrehed para asistir al funeral de Estado.

Eloise volvió a asentir.

—Yo voy a estar muy ocupado durante los próximos meses, y quiero que sepas que no tiene nada que ver contigo. Mi país me necesita.

—Lo comprendo.

Su respuesta lo frustró todavía más. En especial, porque tenía la sensación de que Eloise había aceptado un castigo.

–Cuando todo se calme, te prometo que encontraré el modo de llevar a tu amiga a Farrehed y que tú y yo... estaremos tranquilos.

–Lo comprendo –repitió Eloise, sin dejar de mirar por la ventana.

Odir sintió pánico de repente, le preocupaba que su esposa no se encontrase bien.

–¿Estás bien?

–Perfectamente.

–Debes de estar cansada. Llevas despierta desde las siete de la mañana de ayer.

–¿Tanto tiempo ha pasado? –preguntó ella con indiferencia.

Su voz no se parecía en nada a la de la mujer que había gritado su nombre dos horas antes.

–El tiempo no espera para nadie –añadió Eloise, girándose a sonreírle débilmente–. Ni siquiera para una reina.

Odir pensó en volver a besarla. Necesitaba desesperadamente hacer algo, lo que fuera, para recuperar el calor, el fuego, que había habido entre ambos aquella noche.

Se había acordado de la primera vez que había visto a Eloise. Tan llena de luz. En esos momentos ya sabía que Eloise reservaba aquella luz para cuando su padre no estaba presente.

Odir había dado por hecho que aceptaría su propuesta. Se había convencido a sí mismo de que, al fin y al cabo, era lo que ella quería. No obstante, repasó las conversaciones que había tenido con ella durante su noviazgo y se dio cuenta de que Eloise solo había sido educada y él no había ahondado en la mujer a la que había deseado tanto que había estado a punto de anteponerla a su país.

Se había dicho a sí mismo que no tenía tiempo para ella, porque no podía pensar que había estado ocultándose de ella. No era posible que fuese tan cobarde.

Echando la vista atrás a las interminables noches pasadas en las habitaciones más alejadas de palacio, separado de ella por habitaciones vacías y obligaciones, Odir sabía que su esposa se había convertido en una fuente de tentación y censura.

En público, era perfecta. Serena, pero sensible; amable y cariñosa, pero regia. En privado era como una espina clavada en el costado. «¿Por qué no me quieres?». La idea le hizo acordarse de sí mismo cuando era niño y, mirando a su padre, quería saber por qué él no era suficiente para aliviar su dolor.

Y, de repente, todos los actos, todos los sacrificios que Eloise había hecho durante su breve matrimonio, quedaron cubiertos por sus propios intentos de llegar a un hombre demasiado distante y cerrado en sí mismo.

Sintió una punzada de dolor y se preguntó si había emitido algún sonido, porque Eloise lo estaba mirando de repente, con preocupación. A él se le aceleró el corazón y, por un instante, deseó anularlo todo y que Eloise se alejase, porque no estaba seguro de poder responder a sus preguntas ni de poder satisfacer sus necesidades.

La limusina giró a la izquierda y se detuvo delante de unas puertas de hierro forjado. Una pequeña multitud había empezado a arremolinarse delante de la embajada y también había varias camionetas de medios de comunicación.

Antes de que atravesaran las puertas, recibieron varios flashes en las ventanillas tintadas, pero entonces el vehículo volvió a ponerse en marcha y no se detuvo hasta llegar a la entrada de la embajada.

Allí esperaban varios hombres vestidos de negro, dos de ellos se acercaron a abrirles las puertas y a Odir no le gustó. Quería ser él quién le abriese la puerta a Eloise y la ayudase a salir del coche.

Eloise estuvo a punto de resbalar con los tacones en las piedras del camino y tuvo que aferrarse al brazo de Malik para no caerse. Respiró hondo y se armó de valor. Aquella sería su vida a partir de entonces y ya sabía cuáles eran los motivos de su presencia allí.

Se obligó a sonreír y giró el rostro hacia las cámaras, a las que saludó con la mano. No se mostró demasiado feliz porque no era el momento, teniendo en cuenta la noticia que su marido estaba a punto de dar. Oyó que le pedían que sonriera, que le preguntaban que dónde había estado, que si estaba embarazada. Preguntaron sobre todo por el bebé.

A ella le tembló la sonrisa. El bebé. Aquella noche habían mantenido relaciones sexuales dos veces sin protección. Había acudido a la fiesta para pedirle el divorcio a Odir, y era posible que hubiese salido de ella embarazada, todavía casada y a punto de convertirse en reina.

Instintivamente, se llevó la mano al vientre. ¿Podría traer al mundo a un niño con unos padres que...?

¿Todavía podía afirmar que no quería a Odir? Tal vez quisiese engañar a los medios de comunicación, pero, después de tanto tiempo, no podía seguir engañándose a ella misma.

Aquella noche había sido la primera que se habían acostado juntos, pero hacía dos años que conocía a Odir. Sabía cómo le gustaba el café, que odiaba nadar, que se sentía mejor a caballo que montado en coche, y que era capaz de sacrificarlo todo por su pueblo, incluso su propio corazón.

Sabía qué sonido hacía al llegar al clímax, lo había oído retumbar en su pecho. Y estaba convencida de que ella, a pesar de los secretos y las mentiras que se habían interpuesto entre ambos, siempre había querido a su marido.

–¿Majestad? –dijo Malik en voz baja.

El tintineo de sus tacones en el camino interrumpió sus pensamientos mientras Malik la acompañaba hasta donde Odir la estaba esperando, a mitad de la escalera, después pasaron por una puerta lateral que conducía al interior iluminado y cálido de la embajada.

El equipo de seguridad de Odir, que había sabido de la presencia de la prensa, los había hecho entrar por un lateral y los acompañó a través de las cocinas industriales, donde el personal estaba empezando su jornada laboral. Todo el mundo dejó lo que estaba haciendo e inclinó la cabeza con un respeto que tranquilizó a Eloise. Era parte de aquello y quería hacer feliz no solo a aquellas personas, sino a todo un país que necesitaba sanarse. Y permitió que eso le diese fuerzas para continuar.

De las cocinas salieron a un pasillo, y atravesaron este para llegar al salón principal. El silencio y el respeto de las personas que se iban encontrando por el camino hicieron que Eloise se diese cuenta del peso de la responsabilidad que caía sobre ella. Miró a su marido y lo vio más tenso que nunca a pesar de que parecía tranquilo.

Y entonces comprendió que las señales de respeto que había visto anteriormente y aquellas eran distintas. Todo el mundo estaba un poco más inclinado, sus sonrisas parecían más sinceras, mucho más respetuosas.

Lo sabían.

Sabían que su padre había fallecido y que tenían delante al nuevo jeque, que, después de haber estado al borde de una guerra civil, los conduciría a una época de paz y prosperidad.

Eloise sintió más que vio que Odir dudaba. Él también se había dado cuenta, casi al mismo tiempo que ella, del motivo por el que había tanto silencio a su alrededor. De aquella mezcla de dolor y esperanza.

Siguiendo el paso firme de Odir, dejaron los tonos rojizos del salón y salieron a la pálida calidez del recibidor principal. Eloise se fijó más en los colores, dorado y blanco, que en detalles específicos porque, en realidad, solo tenía ojos para su marido.

En el recibidor principal, justo delante de una enorme escalera de mármol blanco, había esperando muchas personas. Hombres vestidos de negro iban de un lado a otro, con papeles y tabletas en las manos, pidiendo que se hiciesen correcciones y preparando entrevistas, exigiendo que se cambiasen itinerarios que se habían planeado meses atrás.

Todos se quedaron repentinamente inmóviles al ver a Odir.

Solo había habido una persona que los observaba inmóvil desde el principio. Y sus ojos buscaban más a Eloise que a Odir.

Jarhan podía parecer relajado para quien no lo conociese bien, pero Eloise sabía que era solo una fachada. Y cuando sus miradas se cruzaron vio miedo en sus ojos. El miedo a que su presencia allí significase que había contado su secreto.

Odir vio a su hermano en el mismo instante que Eloise. Jarhan era la única persona de la habitación que no lo miraba a él. No pudo evitar sentirse enfadado, sentir celos, y pensar que Eloise era suya.

Y entonces, se detuvo. En la mirada de su hermano no había deseo, sino miedo. Aquel era el hermano al que él había intentado proteger de niño, del dolor de su padre, del suyo propio. Era el hermano al que había enseñado a montar a caballo, con el que había jugado, con el que había creado castillos imaginarios y luchado batallas ficticias... El hermano que se había visto obligado a vivir una mentira, a sacrificar su propia felicidad. El hermano inocente de todas sus acusaciones...

Volvió a preguntarse cómo no se había dado cuenta antes.

Jarhan no era un hombre afeminado, era casi tan

fuerte y autoritario como él, pero era de entender, porque su padre lo habría exiliado, lo habría echado de la familia si hubiese revelado su identidad sexual, no habría permitido que su nombre volviese a pronunciarse entre las paredes del palacio.

Pero él no era como su padre.

Entre un mar de cabezas inclinadas, solo tres se mantenían erguidas, y Jarhan lo miró por fin. Y en vez de ira y reproches, Odir sintió... amor.

Se acercó a su hermano con paso rápido y le dio un fuerte abrazo con el que intentó expresar todo lo que sentía: dolor, amor, pérdida y arrepentimiento. Y se sintió bien. Le tranquilizó poder aceptar todos aquellos sentimientos sin secretos ni mentiras, sin vergüenza ni rabia.

El cuerpo de su hermano, que había estado tenso como los soldaditos de latón con los que habían jugado de niños, se relajó. Sintió que Jarhan iba a decirle algo, pero se le adelantó.

—¿Me puedes perdonar? —le susurró al oído.

—¿Me puedes perdonar tú a mí?

—Ya está hecho, Jar —le respondió, llamándolo como lo había llamado de niño, lo que hizo sonreír a su hermano—. Ya está hecho.

Ya tendrían tiempo de hablar, en otro momento.

—Volarás con nosotros después de la rueda de prensa y hablaremos. Hablaremos de verdad.

—¿Nosotros? —preguntó Jarhan.

Odir miró a Eloise quien, al contrario que ellos, no había sido capaz de contener las lágrimas, que corrían por sus mejillas. Se las limpió y sonrió.

—Vas a estar a nuestro lado en la rueda de prensa.

–No estoy seguro...

–Yo sí –lo interrumpió Odir.

Empezaría aquel reinado como debía hacerlo, junto a su hermano y su esposa, pasase lo que pasase en el futuro. Así era como lo quería Odir. No lo hacía por su país ni por su pueblo, sino por él mismo.

Jarhan dejó que se preparasen para la rueda de prensa y Odir pidió a sus guardias que los dejasen. Llevó a Eloise hasta la escalera central que había en la parte trasera de la embajada, que llevaba a los dormitorios del cuarto piso. Aquel era el edificio de menos categoría en posesión de la familia real, pero a Odir siempre le había gustado.

No era un palacio, pero a Jarhan y a él siempre les había gustado pasar las vacaciones allí de niños. Hundió los pies en la mullida moqueta color burdeos, cuyos intrincados dibujos todavía recordaba de la niñez.

Recordó risas infantiles y la voz de su madre llamándolos, una voz que no volvería a oír. Tampoco la de su padre. Sus padres ya no estaban allí.

No era tan tonto como para ignorar que iba a tener que llorarlos. Era un príncipe, un rey, no un loco. Pero en esos momentos no tenía tiempo. Tal vez no lo tuviese en muchos meses.

Notó que Eloise se movía a su lado, lo que lo sacó de sus pensamientos. Parecía que lo miraba con compasión. Odir se preguntó por qué tenía la sensación de que era capaz de leerle el pensamiento. Aquella mujer, a la que no había visto en los últimos seis meses, con la que no había hecho el amor hasta aquella misma noche, que podía estar embarazada de él.

Por un instante, sintió que todo aquello era demasiado. Su padre, Eloise, el padre de esta, su hermano. Estaba aturdido, agotado.

Eloise tomó la tarjeta que Malik les había dado y escribió el código en el dispositivo electrónico que había junto a la puerta de la habitación. Lo miró y su sonrisa le cortó la respiración. Su gesto era travieso y descarado. Odir no recordaba haberlo visto antes.

—Me siento como en una película de espías.

—Pues yo sé cómo matar a alguien con solo mover el dedo meñique —respondió él, no pudo evitarlo.

Eloise se echó a reír y a él le encantó oírla.

Ella empujó la puerta y le habló por encima del hombro con toda naturalidad.

—Lo que has hecho con Jarhan ha estado muy bien.

—¿Qué quieres decir?

—Que has sido muy amable con él.

—¿Amable? Es mi hermano.

—Umm.

—¿Por qué dices eso?

—Por nada... Solo me preguntaba cómo habrías actuado si no fuese gay y realmente hubiese querido besarme.

Eloise clavó sus ojos azules en él una vez más y Odir no supo si estaba bromeando o hablaba en serio.

—Lo habría casado con una prima.

—Qué destino más terrible —comentó ella, volviendo a sonreír.

—¡Pero si no conoces a mis primas!

—¿No tiene sentido del humor, Majestad?

—Shh, no se lo digas a nadie.

Ella se puso seria un instante.

—Lo tenías antes de que nos casáramos, eras capaz de romper cualquier tensión y hacerme reír —le recordó Eloise—. Yo pensaba... pensaba que eras mi príncipe azul, que vendrías a rescatarme de mi malvado padre.

Se dejó caer en un sillón del salón, su aspecto era casi delicado, encajada entre los cojines.

—Todavía puedo hacerlo, Eloise.

—En la época en la que vivimos las princesas deberían salvarse ellas solas, ¿no?

—Tú has intentado hacerlo, *habibti*.

—Y tú me has encontrado.

Odir respiró hondo.

—No lo habría hecho sin la ayuda de Malik. Y creo que solo me lo dijo porque había fallecido mi padre. ¿Cómo lo hiciste?

—¿El qué?

—Convencer a uno de mis hombres más leales para que me traicionase.

Ella esbozó una sonrisa triste, casi conciliadora. Como si comprendiese cuánto le había dolido aquella traición.

—¿Te ayudaría si te dijese que no tuvo nada que ver contigo?

—Toda la vida de ese hombre gira entorno a la mía —respondió él.

Eloise suspiró.

—Él sabía lo de Jarhan.

—¿Yo era el único que no lo sabía?

—No, pero Malik, y el resto del equipo de seguridad, lo sabían. Esa era una de las preocupaciones de Jarhan, que los enemigos de Farrehed lo utilizasen para atacarte a ti.

—Pero ese no es el motivo por el que Malik te procuró un pasaporte, Eloise.

—No... Me siguió cuando tú me ordenaste que me marchara. Me encontró metiendo cosas en una maleta mientras hablaba con mi padre con el altavoz encendido. Yo le decía que quería volver a casa, pero él me contestó que no, me dijo que si se me ocurría poner un pie en Inglaterra metería a mi madre en una clínica y haría pública su enfermedad, que se aseguraría de que yo jamás volviese a verla.

Sacudió la cabeza.

—No me había sentido tan indefensa en toda mi vida. No podía estar contigo ni volver a casa. Malik me pidió que se lo contase todo y estuvimos hablando cinco horas hasta que urdimos un plan. Yo le pregunté por qué quería ayudarme.

—¿Y qué te respondió? —quiso saber Odir.

—Simplemente, que me entendía y que me iba a ayudar. Aunque ahora me doy cuenta de que en realidad te estaba ayudando a ti.

Eloise no se sintió dolida al darse cuenta de aquello, sino agradecida de que hubiese alguien que se preocupase por su marido. Un marido que siempre estaba rodeado de muchas personas dispuestas a servirlo y protegerlo, pero no a cuidarlo.

Se había quedado sin madre, en manos de un padre tan roto por el dolor que no había sido capaz de darle amor. Y ella, mejor que nadie, sabía lo que eso dolía.

A ella sí que le importaba Odir, no podía negarlo.

Se puso en pie y paseó por la suite mirando a su alrededor y descubriendo un dormitorio tan lujoso como el resto de la embajada.

La cama era grande y moderna, y le recordó la promesa que Odir le había hecho unas horas antes. De repente, su cuerpo estaba preparado para recibirlo, y estaba dispuesta a decirle lo que sentía por él.

Pero sabía que Odir no estaba preparado para oírlo. Pensó que tal vez podría demostrárselo con caricias y besos.

Odir la siguió y el ambiente se cargó de deseo de repente. Eloise respiró hondo y su cuerpo se apoyó en el pecho fuerte de su marido.

Este le dio un beso en el hombro y la abrazó cerca de los pechos, aprovechando para acariciárselos.

—Siempre cumplo mis promesas, *habibti* —le susurró al oído.

Había desesperación en su voz y Eloise alargó las manos hacia atrás y se apretó contra su erección, gimió.

—Cuando haces ese ruido, me vuelves loco, Eloise. Mira.

La hizo girar entre sus brazos.

Ella ya sabía que Odir la deseaba y quería demostrarle cómo la hacía sentir él, lo que le había dado en las últimas horas y cómo podía ser su matrimonio.

Llevó una mano a su erección y él la besó apasionadamente. Las veces anteriores habían utilizado aquella pasión insaciable para huir, pero ella ya no iba a esconderse más. Se había abierto a él.

Si anteriormente le había parecido que hacer el amor con él era increíble, aquello no tuvo comparación. Odir la tumbó en la cama, se quitó los zapatos y la camisa, le levantó el vestido, se deshizo de los pantalones y los calzoncillos y le dijo:

—Te necesito, Eloise.

Ella asintió, pero no fue suficiente. Odir necesitaba oírselo decir. Lo necesitaba tanto que le daba miedo, pero no era el momento de sentir miedo.

Le separó las piernas, abriéndola ante él.

—Dilo.

Ella lo miró fijamente a los ojos antes de decir:

—Yo también te necesito a ti.

Entró en ella, todo lo que pudo, y por fin encontró lo que había estado buscando.

Pero tuvo la sensación de que no era suficiente.

Se apartó muy despacio de ella y, a pesar de su intención de volverla loca, estuvo a punto de perder el control él. Salió completamente y volvió a entrar todavía más profundamente, sintiendo que su conexión era aún mayor.

¿Cómo era posible sentir todo aquello?

Eloise no podía desearlo más, pero en esa ocasión no iba a permitir que Odir ganase. Lo agarró para volver a acercarlo a ella, lo apretó contra su cuerpo y sonrió cuando él la acusó de querer matarlo.

Odir la abrazó con fuerza y la hizo girar para colocarse él debajo.

Eloise levantó las rodillas y estuvo a punto de gritar del placer, nunca se había sentido tan llena ni tan cerca de otra persona.

Se balanceó adelante y atrás y supo, por las palabras de Odir, que este estaba a punto de estallar. Eloise saboreó el momento y entonces ambos llegaron al clímax, juntos.

Capítulo 11

Por un instante, Eloise pensó que había sido el ruido de una ducha lo que la había despertado. Por un momento, se sintió confundida. Miró a su alrededor, pero ya no estaban en Heron Tower. Entonces oyó que llamaban a la puerta, llamaban con urgencia.

Odir abrió la puerta del cuarto de baño, salió al dormitorio e inquirió:

—¿Qué?

Eloise miró el reloj, incapaz de creer que solo había dormido veinte minutos. Tenía la sensación de haber dormido un año entero.

Oyó voces en el pasillo y supo que iba a entrar alguien y la iba a encontrar desnuda, en la cama. Contuvo una sonrisa al pensar en cómo la hacía sentirse Odir... protegida, segura... amada.

Saltó de la cama y corrió al cuarto de baño, cerrando la puerta tras ella y dejándose envolver por el calor y la humedad de la ducha de Odir.

Limpió el espejo, que estaba empañado, y vio a una mujer con los ojos brillantes y aspecto salvaje.

Respiró hondo. Todo iría bien. Encontrarían la manera de superar las siguientes horas, los siguientes días. Conseguirían que lo suyo funcionase.

Su madre había buscado ayuda, Natalia tendría lo que necesitaba. Farrehed tendría el rey que merecía y ella, el marido que siempre había querido. Era posible. Todo estaba al alcance de su mano.

Sonrió frente al espejo y se metió en la ducha.

—Es imposible, no puedo hacerlo —dijo Odir, intentando controlar su ira delante de su asistente.

—Es necesario, Majestad.

—Te lo agradezco, Lamir, pero no va a ser así. Mi prioridad cuando regrese a Farrehed va a ser dirigirme a mi pueblo, no reunirme con el rey de Kalaran. No me reuniré con nuestros aliados hasta después del funeral.

—Pero...

—No.

Su habitación había sido invadida por hombres armados con documentos, ordenadores portátiles y bolígrafos. Y él, que hasta entonces se había sentido seguro de sí mismo, se sintió perdido. Supo que la culpa la tenía la mujer que estaba en la habitación de al lado, su esposa había vuelto a distraerlo.

Entró en el dormitorio y cerró la puerta tras de él, en ese momento, Eloise salió del baño envuelta en una toalla.

—Tenemos compañía —le advirtió él.

—Ya me había dado cuenta.

–Me refiero a que hay unas veinte personas en el salón.

–Lidiaremos con ellas –le respondió ella.

–Tengo que vestirme.

–Qué pena.

–Y van a entrar los estilistas.

–¿Te van a peinar y a maquillar?

–A mí no, a ti, Eloise.

–Ah.

Él se acercó al armario y sacó el traje que llevaba esperándolo allí desde la noche anterior. A su lado estaba el vestido de su esposa, que tal vez le quedase grande porque había perdido peso en los últimos meses.

Intentó no pensar en aquello y concentrarse en la rueda de prensa.

–Hoy no voy a tener mucho tiempo para ti –le dijo–. Después de la rueda de prensa me marcharé a Farrehed.

El deseo que había sentido por él se enfrió de golpe y Eloise supo que había llegado el momento de volver a ponerse la careta, que tenía que ir por el vestido que había visto en el armario, un vestido que debían de haber elegido para ella, probablemente, antes de que hubiese salido de Zúrich.

Pero no le importó tanto como le habría importado antes. Quería estar allí, junto a su marido, y apoyarlo. Así que se pondría aquel vestido y seguiría llevando su anillo. Sería su esposa y su reina.

Sacó el vestido que estaba protegido por una funda junto con la ropa interior.

—Me cambiaré en el cuarto de baño —le dijo a Odir.

—Cuando termines, estaré en el salón. ¿Aviso a los estilistas?

—Sí, que entren. No tardaré.

—Eloise...

Su tono era casi pesaroso. Ella se giró a mirarlo.

—Está bien. Lo entiendo.

Aquello pareció aliviarlo.

Ella entró en el baño, sacó la ropa interior nueva de su envoltorio y quitó la funda al vestido sin mirarlo.

Su vida estaba a punto de cambiar. En cuanto se pusiese aquel vestido, sería irrevocablemente suya.

Cuando salió del baño vio a cuatro personas a las que no conocía en el dormitorio.

—¿Dónde está Victoria? —preguntó, frunciendo el ceño, refiriéndose a la que había sido su estilista durante los meses que había vivido en palacio.

Una rubia de pequeña estatura le informó en tono profesional de que Victoria estaba en Farrehed, dado que había tenido un bebé dos semanas antes.

La rubia le hizo un gesto para que se sentase y le explicó que habían tenido que adivinar la talla.

—Nos ha parecido que el negro era el color adecuado en esta ocasión, pero hemos escogido un vestido que realzase su figura.

—Es perfecto —respondió ella, pensando que era lo correcto.

—En el avión hay un conjunto tradicional, a juego con el que vestirá el rey cuando haga su primera aparición pública después de dar la noticia.

Mientras aquella mujer le ajustaba el vestido, un hombre empezó a peinarla y otra chica, a maquillarla. Alguien le puso un collar de perlas alrededor del cuello, que le recordó a su madre cuando ella había sido niña. Aquel era el motivo por el que ella nunca se las había puesto.

Recordó haber estado escondida en su lugar favorito, la parte inferior del armario de su madre, un lugar oscuro y cálido, rodeada de tejidos suaves, mientras su madre se preparaba para otro acto. Vestida de crema. A su madre siempre le había gustado el color crema.

Había seguido los movimientos de su madre mientras se maquillaba, nerviosa, como siempre que se escondía allí, y anhelante de que su madre la encontrara y le diera un beso de buenas noches, le dijera que la quería.

Siempre había sido así, menos la última vez. Sus miradas se habían cruzado a través del espejo en el que se miraba su madre y esta se había limitado a sonreírle antes de salir de la habitación.

Eloise no había vuelto a esconderse.

Su madre no la había querido como ella había necesitado que la quisiera de niña. Angelina no había sido capaz de hacerlo. Ella sí era capaz de amar y necesitaba ser amada.

Notó que tiraban de su alianza y volvió al presente, sorprendida, e instintivamente cerró la mano en un puño.

—¿Qué crees que estás haciendo? —inquirió.

—Le queda suelto y vamos a colocar dentro una pequeña pieza de oro para que no se caiga.

A ella le pareció una tontería.

Odir entró en la habitación y se miraron a través del espejo. Ella fue la primera en apartar la vista porque se sentía aturdida, sentía demasiado y no sabía el qué.

De repente, volvía a ser aquella niña que, escondida, esperaba a que alguien la encontrase. Esperaba a que alguien la quisiese.

Pero también era consciente de que no podía volver a ser una niña.

—Fuera —ordenó Odir.

Lo miraron sorprendidos, pero las cuatro personas que estaban ayudando a Eloise salieron de la habitación.

Su esposa siguió sin mirarlo.

Él se acercó a la silla y pensó que estaba preciosa, pero también que parecía intocable y aquello no le gustó.

Alargó la mano para intentar quitarle aquel collar de perlas que no iba con ella y, apoyando las manos en sus hombros, le dijo:

—Estás magnífica.

—Odir...

Él supo lo que quería, pero no pudo hacerla callar.

–Odir, quiero que sepas que no voy a ser como mi madre. Que no voy a parecerme a ninguno de mis padres. No puedo vivir callando algo tan importante. Te quiero.

–No, no, no –replicó él, serio, furioso.

–No se puede controlar. Ni lo puedes rechazar, es así.

–Me niego a aceptarlo.

–¿El qué, mi amor, o el hecho de que no puedas controlarlo?

Él no fue capaz de responder a aquella pregunta.

–A pesar de todo lo ocurrido, sigo sintiéndolo –añadió Eloise.

–El amor es debilidad –bramó él–. El amor es destrucción. Mira a tu madre. ¡Y a mi padre! Yo jamás permitiré que el amor forme parte de mi vida.

Lo dijo gritando, había perdido el control y lo sabía.

–Pues tienes el amor de tu pueblo por todo lo que has trabajado por él y, aunque no creas en el poder de ese amor, en la fuerza de ese amor, ellos te aman y yo también.

Odir tuvo la sensación de que Eloise retrocedía y se apartaba de él.

–Me dijiste que sí, Eloise, que volverías conmigo y estarías a mi lado, no puedes cambiar de opinión. No puedes marcharte ahora.

Ella lo miró con tristeza.

–No me necesitas y pienso que, en el fondo, lo sabes.

Él pensó que no era cierto.

—Estás utilizando el amor de excusa para huir —la acusó él.

Eloise negó con la cabeza.

—No, Odir. No estoy huyendo. Estoy aquí, peleando, pero no voy a volver como esposa tuya porque me amenaces o me sobornes, solo volveré si me quieres.

—Eso es imposible. Ni siquiera sé si soy capaz.

Pero por primera vez se dio cuenta de que se estaba mintiendo a sí mismo. Eloise tenía razón, podía gobernar sin ella, llevaba seis meses haciéndolo, solo porque quería a su pueblo y eso lo hacía fuerte.

En realidad, se había intentando convencer de que la necesitaba porque quería que volviese con él, porque no había conseguido olvidar a la joven que le había robado el corazón con su risa.

Porque la amaba.

Pero como rey de Farrehed, no podría darle la vida ni el amor que ella merecía.

—Tienes razón. No te necesito. No necesito a nadie. Haré que anulen nuestro matrimonio, cueste lo que cueste. Y podré casarme con alguien que comprenda lo que es ser reina, alguien que pueda aportar algo a Farrehed y que no piense egoístamente en su amor.

Se odió por decir aquello. La vio palidecer, vio que le brillaban los ojos, pero continuó:

—¡Márchate!

Capítulo 12

Odir sintió que le iba a estallar la cabeza. Estaba solo. Eloise se había marchado. Él no recordaba haberla visto marcharse, debía de haberlo hecho mientras tenía los ojos cerrados.

Nunca había sentido un dolor igual. Aquel era el motivo por el que siempre había evitado el amor. Oyó que llamaban a la puerta y enseguida irrumpió Jarhan.

–¿Dónde está Eloise? –preguntó.

A Odir le entraron ganas de echarse a reír, su hermano no le había hablado así desde que eran adolescentes.

–Se ha ido.

–¿Eso es todo lo que puedes decir? ¿Se puede saber qué ha pasado? –inquirió Jarhan, mirando a su alrededor.

Se acercó y agarró a Odir por la camisa.

–¿Qué le has hecho? –inquirió, furioso.

Unas horas antes, habría pensado que su hermano estaba celoso, pero en esos momentos supo que lo que sentía por Eloise era amor.

—¿Sabes que no ocurrió nada entre nosotros? —añadió.

—¿Por qué no me lo contaste? —le preguntó él—. Yo te habría apoyado, Jarhan. Te habría ayudado en todo lo que hubiese podido.

—¿Qué habrías hecho? —quiso saber Jarhan, apartando las manos de él y encogiéndose de hombros—. ¿Lo habrías hecho público? ¿Se lo habrías contado a nuestro padre? ¿Habrías hecho que nuestro país se dividiese por tu lealtad a mí? ¿O me habrías pedido que lo mantuviese en secreto? ¿Me habrías pedido que fuese algo que no soy? No podía ponerte en esa situación.

—¿Porque no confiabas en que yo pudiese tomar la decisión adecuada?

—No, en absoluto. Sé qué decisión habrías tomado. Me habrías apoyado a mí y habrías permitido que tu país se rompiera porque me querías. Tal vez, en el futuro, nuestro país acepte lo que yo soy, quien yo soy, pero eso no era posible mientras nuestro padre vivía, y ese fue el sacrificio que hice yo. Era mi deber, mi cruz, no la tuya.

—No va a ser fácil, Jarhan. Los miembros más tradicionales de nuestra sociedad no lo aceptarán —le advirtió—, pero yo te apoyaré si quieres... ¿contarlo? Estaré a tu lado sea cual sea tu decisión.

Y, dicho aquello, le dio un abrazo a su hermano.

—¿Qué ha pasado con Eloise? —preguntó este.

—La he dejado marchar.

—¿Por qué?

Había muchas respuestas a aquella pregunta. Porque no podía someterla al escrutinio público, porque sabía que él tenía que estar centrado en su país, porque no podía abandonarla como ya la había abandonado su madre, porque tampoco podía utilizarla como la había utilizado su padre.

Pero, en realidad, la respuesta era otra.

—Porque la amo.

Eloise corrió por los pasillos sin saber adónde iba, sin poder ver por dónde pasaba porque tenía los ojos inundados de lágrimas.

Hacía meses, años que no lloraba. Se lo había guardado todo dentro y se había limitado a hacer lo que tenía que hacer, por su madre, por Farrehed, por Jarhan, por Odir. Y la primera vez que había pedido algo para ella, había sido... rechazada.

Se le aceleró el corazón. Estaba agonizando. No podía sufrir más.

Se dio cuenta de que nadie la seguía, ni Odir ni ninguno de sus guardias. Ya no estaba bajo su protección. Estaba sola y aquello le atravesó el corazón.

Empujó una puerta y llegó a unas escaleras de hormigón. Empezó a bajar, pero como solo llevaba puestas unas medias de seda, se resbaló y cayó.

El frío hormigón le golpeó brazos y piernas y ella gritó. El dolor de su cuerpo reflejaba el dolor de su corazón al romperse en mil pedazos.

Era su cumpleaños. Era el día en que iba a heredar el fondo de su abuelo. Podía reclamar el dinero y volver a Zúrich, pagar el tratamiento de Natalia y volver a trabajar de secretaria, pero ¿era eso lo que quería realmente?

Estaba aturdida y le dolía mucho la cabeza. Le había dicho a Odir que lo amaba y este la había apartado de su lado.

Se llevó las manos a las sienes y gimió.

Él le había dicho que quería ser libre para poder casarse con otra.

Solo de imaginárselo con otra mujer hizo que desease morirse.

Aunque ella conocía bien Farrehed y sabía que su pueblo no aceptaría fácilmente un segundo matrimonio. También conocía a Odir. Este no se arriesgaría a disgustar a su pueblo, sobre todo, en esos momentos, cuando su padre acababa de fallecer. Todo lo que había hecho en las últimas horas había sido para asegurar el futuro de su país. ¿Por qué ponerlo en peligro de repente?

Odir no había dicho que no la amase, solo, que no era capaz de hacerlo. Y ella comprendía el daño que la muerte de su madre le había hecho a su padre, pero sabía que Odir era capaz de amar.

¿Era posible que la hubiese dejado marchar para protegerla? Ella había vuelto a huir, no se había quedado a luchar por el amor que le había pedido a Odir. Entonces pensó que no se iba a marchar, que iba a quedarse a luchar por lo que quería.

Volvió a correr escaleras arriba y entró en la habitación que habían estado ocupando, pero la encontró vacía. Bajó las escaleras principales camino del recibidor, y al llegar al final vio que cuarenta ojos se clavaban en ella.

En el centro de la multitud estaban Jarhan y Odir, hablando. El sonido de su respiración acelerada llamó su atención, lo mismo que el silencio que reinaba de repente a su alrededor.

Eloise vio sorpresa en el rostro de Odir, duró solo un instante, antes de que volviese a ponerse la máscara. Ella se sintió esperanzada.

Terminó de bajar las escaleras y la multitud retomó sus conversaciones. Jarhan corrió a abrazarla.

—Tienes tres minutos, aprovéchalos —le susurró.

Y después desapareció.

Ella empezó a andar entre la multitud, que no se apartó para dejarla pasar. Odir vio que le costaba avanzar y se acercó a ella.

—Eloise, ¿qué...?

—No —le dijo ella cuando lo tuvo delante—. No tienes derecho a hablarme. No me vas a dar órdenes ni me vas a pedir que me marche. Ahora voy a hablar yo, Odir.

Él apretó los labios y la miró con cautela. Ella pensó que debía de sorprenderle aquella nueva Eloise, y que ya podía ir acostumbrándose.

—Siempre he estado pendiente de lo que me pedían los demás, he hecho lo que me decían, lo que se necesitaba de mí, pero en realidad nunca he hecho nada para mí. Hasta esta noche. Hasta que he querido oír que me querías, pero tienes razón, Odir. He huido. He huido de todo. De ti, de mi padre, de mi madre. He estado seis meses escondiéndome. Y cuando he venido a luchar por lo que quería, a ti, he dudado ante el primer contratiempo. Quería oírte decir que me amabas, quería que me lo demostrases, pero yo nunca te he demostrado que te amo.

Él abrió muchos los ojos y ella supo que había metido el dedo en la llaga. Aquello le dio fuerzas para continuar.

–Nadie te ha demostrado ser merecedor de tu confianza y de tu amor. Ni siquiera tu familia. Yo estoy dispuesta a poner mi confianza y mi amor en ti. Sé que me amas, lo sé porque jamás habrías puesto en peligro el trono si no hubiese sido porque me amabas.

Odir la agarró del brazo y la acercó a él, y en voz baja y ronca le dijo:

–Te amo, maldita sea. Por eso te he dejado marchar, porque no quiero obligarte a vivir esta vida llena de sacrificios. No quiero que nadie te utilice ni te manipule más. Jamás podría haberte pedido eso.

–Es el sacrificio que voy a hacer por el hombre al que amo. Porque quiero, porque lo he elegido yo, te he elegido a ti. Permaneceré a tu lado, te amaré y me amarás. Solo tienes que decirme que sí.

A sus espaldas, una voz se alzó por encima de las demás.

–Estamos en directo en cinco...

–Solo tienes que decirme que sí, Odir –repitió ella.

–Cuatro...

–Es muy sencillo.

–Tres...

Él le limpió una lágrima que amenazaba con brotar de su ojo.

—Dos...

Las puertas de la embajada se abrieron y la prensa internacional los estaba esperando. Los flashes de los fotógrafos empezaron a explotar delante de ellos.

—Sí.

—Señores y señoras de la prensa, el jeque Odir Farouk Al Arkrin de Farrehed y su esposa quieren anunciarles algo...

Epílogo

Tres años después, embajada de Farrehed en Londres.

El jeque de Farrehed y su esposa corrieron por los pasillos enmoquetados de rojo de la embajada de Farrehed, persiguiendo al niño de dos años que reía delante de ellos.

—Es tan rebelde como tú, esposa —protestó Odir.

—Y tan testarudo como tú, marido —respondió Eloise sonriendo, casi sin aliento—. No puedo más, Odir.

Se apoyó en la fría pared y bajó la vista a su abultado vientre. Estaba embarazada de siete meses.

Odir miró hacia el fondo del pasillo, donde Jarhan había agarrado a su sobrino y empezaba a hacerle cosquillas.

—Algún día, mi hermano lo va a matar de la risa.

—No seas tonto. Además, es una suerte tener a alguien que nos ayude. Pronto lo vamos a necesitar todavía más.

—¿Seguro que no quieres una niñera a tiempo completo? —le preguntó Odir.

Entendía la reticencia de su esposa, pero temía que dos hijos la agotasen.

–Seguro. Además, mamá vendrá a quedarse, y Natalia también, si se lo pido. Aunque me parece que pronto va a estar demasiado ocupada.

Odir la miró con sorpresa.

–¿De verdad?

–De verdad, pero mis labios están sellados –respondió ella.

–¿Más secretos, esposa? –comentó él en tono de broma.

Eloise se maravilló de cómo habían cambiado sus vidas en los últimos tres años.

Su madre, efectivamente, había pedido ayuda y le había pedido el divorcio a su padre.

Natalia también se había esforzado en superar sus miedos y el trasplante que le habían realizado dos años antes había sido un éxito.

Eloise sintió un golpe en la tripa y gimió.

–¿Qué ocurre? –le preguntó Odir.

Ella se echó a reír.

–Creo que tiene hipo –le dijo, agarrándole la mano para apoyarla en su vientre y que Odir pudiese sentirlo también.

–¿Te he dicho alguna vez lo mucho que te quiero? –le preguntó él.

–Ayer. Y anteayer. Y el día de antes. Y todos los días...

Odir la acalló dándole un apasionado beso, ella se apartó y apoyó la cabeza en la pared. Se puso muy seria y le dijo:

–Tengo que hacerte una confesión.

A él se le encogió el estómago, la escuchó.

–Hay un secreto que no te he contado.

Odir siguió esperando, sabiendo que, fuese lo que fuese, sobrevivirían, se enfrentarían a él juntos.

—Es una niña —le dijo Eloise sonriendo.

Él se inclinó y le susurró al oído lo mucho que la amaba, una y otra vez. Y su corazón solo se calmó cuando ella lo correspondió. Juntos, lo único que necesitaban era sinceridad y amor.